Kohlenstaub

W0271744

Anne-Kathrin Koppetsch wurde 1963 in Werdohl/Sauerland geboren. 1982 begannen ihre Lehr- und Wanderjahre, die sie nach Münster, Tübingen, Heidelberg, Jerusalem und Berlin führten. Seit 2000 lebt und arbeitet die evangelische Theologin in Dortmund mit dem Schwerpunkt in der Öffentlichkeitsarbeit. »Kohlenstaub« ist ihr erster historischer Kriminalroman.

Dieses Buch ist ein Roman. Handlungen und Personen sind frei erfunden. Ähnlichkeiten mit lebenden oder toten Personen sind rein zufällig.

ANNE-KATHRIN KOPPETSCH

Kohlenstaub

HISTORISCHER KRIMINALROMAN

emons:

Bibliografische Information der Deutschen Nationalbibliothek
Die Deutsche Nationalbibliothek verzeichnet diese Publikation in der Deutschen Nationalbibliografie; detaillierte bibliografische Daten sind im Internet über http://dnb.d-nb.de abrufbar.

FSC
www.fsc.org
MIX
Papier aus verantwortungsvollen Quellen
FSC® C083411

© Hermann-Josef Emons Verlag
Alle Rechte vorbehalten
Umschlagfoto: Ludwig Windstosser/Fotoarchiv Ruhr Museum, Die Westfalenhütte in Dortmund, 1950er Jahre
Umschlaggestaltung: Tobias Doetsch
Druck und Bindung: CPI – Clausen & Bosse, Leck
Printed in Germany 2012
ISBN 978-3-89705-928-3
Historischer Kriminalroman
Originalausgabe

Unser Newsletter informiert Sie
regelmäßig über Neues von emons:
Kostenlos bestellen unter
www.emons-verlag.de

Ich widme dieses Buch den Pionierinnen im Pfarramt,
die mit ihrer Beharrlichkeit und Courage den Weg
für Frauen in der evangelischen Kirche bis in das Bischofs-
bzw. Präsesamt geebnet haben.

EINS

»Schwester Gerlach, glauben Sie an die unbefleckte Empfängnis?«

Mein Pfarrkollege Kruse baute sich breitbeinig vor mir auf und grinste. Auf diese Frage gab es kaum eine passende Antwort. Kruse erwartete auch gar keine, ihm ging es offensichtlich darum, mich zu provozieren.

Trotzdem enthielt die Frage einen ernst zu nehmenden Kern, denn Kruse zweifelte an meiner Rechtgläubigkeit und, schlimmer noch, an meiner Berechtigung, das Pfarramt auszuüben. »Einem Weibe aber gestatte ich nicht, dass sie lehre«, hatte er mir bei meiner Einführung zugezischt, einen Vers aus dem Neuen Testament. Das sei weder in der Bibel noch in der Kirchengeschichte vorgesehen. Dabei ignorierte er, dass wir das Jahr 1965 schrieben und Frauen inzwischen in fast allen Berufen ihren Mann standen.

In Dortmund war ich nun als erste Pastorin in eine evangelische Kirchengemeinde gewählt worden. »Du bist ein Pionier«, hatte meine Amtsschwester Rosi erklärt. »Ich bin stolz auf dich!« Sie selbst war in der Altenheimseelsorge tätig.

Mit der linken Hand winkte mir Kruse noch einmal lässig zu. Dann öffnete er die Tür seines hellgrauen NSU Prinz und schob seinen runden Leib hinter das Steuer. Er sah aus wie der Fernsehmann Werner Höfer, allerdings viel dicker. Kruses Pfarrhaus lag zwar nur wenige Straßen entfernt, doch er ging niemals zu Fuß, wenn er auch fahren konnte.

Zu Hause erwartete ihn die ebenfalls wohlbeleibte Gattin mit einer kohlehydrat- und fettreichen Mahlzeit, vermutlich Kotelett, Kohl, Kartoffeln und eine Flasche Dortmunder Union zum Samstagabend.

»Und lesen Sie fleißig den Apostel Paulus, liebe Schwester!«, rief Kruse mir aus dem offenen Autofenster nach. »Sie erinnern sich: Das Weib schweige in der Gemeinde!«

»Dann predigen Sie morgen doch selbst«, hielt ich mit halblauter Stimme dagegen, aber das bekam er nicht mehr mit, weil er schon Gas gegeben hatte.

Was bildete Kruse sich ein? Reichte es nicht, dass er meinem Kollegen und mir eine Dienstbesprechung am Ostersamstagnachmittag aufs Auge gedrückt hatte? Von einem, der seine Ehefrau »Mutti« nannte, ließ ich mir nicht vorschreiben, welchen Beruf ich ausüben durfte. Wenn er der Meinung war, Frauen gehörten an den Herd und nicht auf die Kanzel, dann war das sein Problem.

Leider stand er mit seiner Meinung nicht allein da.

»Sie wissen, dass nicht alle so denken?« Unbemerkt war Pastor Hanning näher getreten, mein zweiter Kollege in dieser Kirchengemeinde am Rande der Dortmunder Innenstadt. Er war ein schmaler Mann um die vierzig, der seine Geheimratsecken unter einem schwarzen Hut verbarg. Seine großen Augen hinter den Brillengläsern hatten wie immer einen leicht erstaunten Ausdruck.

Ich schätzte Hanning als netten und zurückhaltenden Menschen. Leider konnte er sich häufig nicht gegen Kruse durchsetzen. So war auch sein Einspruch gegen den Zeitpunkt unserer Dienstbesprechung wirkungslos geblieben.

»Natürlich weiß ich, dass die meisten mich akzeptieren«, erwiderte ich und senkte verlegen den Blick. Ich war mir unsicher, wie ich ihn ansprechen sollte. Die männlichen Kollegen duzten einander, doch mir hatten sie diesen vertraulichen Umgang nicht angeboten. Und so hatte ich die Wahl zwischen »Bruder Hanning« und »Herr Hanning«. Ersteres klang merkwürdig, Letzteres sehr distanziert.

»Sie sind uns eine große Hilfe in der Gemeinde. Ich habe mich seinerzeit sehr für Sie verwendet. Sie haben mich nicht enttäuscht – wenn ich das so ausdrücken darf. Insbesondere unser Frauenkreis hat sich lobend geäußert«, fügte er etwas steif hinzu. Hanning wirkte genauso verlegen, wie ich mich fühlte. Suchte er ebenfalls nach der passenden Anrede, oder hatte seine Scheu damit zu tun, dass er, der Junggeselle, mir als lediger Frau gegenüberstand?

Als bekannt wurde, in welcher Gemeinde ich arbeiten würde, hörten einige der Amtsbrüder schon die Hochzeitsglocken läuten. »Eine Pastorin? Keine Sorge«, beruhigten sie den aufgebrachten Kruse. »Das heiratet sich weg, das Problem. Dein Kollege ist doch noch zu haben, nicht wahr? Da wird sich schon etwas ergeben ...« Sicher hatte auch Hanning von diesen Gerüchten gehört.

Eine peinliche Pause entstand.

Dann lupfte Hanning seinen Hut. »Ich muss mich jetzt leider verabschieden«, kündigte er an. »Ich kann meine Mutter nicht länger alleine lassen. Auf Wiedersehen morgen im Gottesdienst.«

Ich sah ihm nach und zog mir den Mantel fester um die Schultern; obwohl bereits Mitte April, war es sehr kalt. Jetzt, in den späten Nachmittagsstunden, kühlte es noch weiter ab. Wenn ich mich beeilte, schaffte ich es noch bei Tageslicht durch den Westpark bis zu meinem Pfarrhaus am Rande der Dortmunder Innenstadt.

Kräftig schritt ich aus. Vereinzelt zwitscherten Vögel in den Bäumen, doch ich begegnete nur wenigen Spaziergängern. Die Wege waren menschenleer. Ob es am ungemütlichen Wetter lag oder daran, dass Borussia Dortmund spielte?

Als ich mich der Möllerstraße näherte, vernahm ich Stimmen. Vor meinem Pfarrhaus stand eine Gruppe von Jugendlichen. Durch ihre schwarz-gelben Schals waren sie als Borussenfans erkennbar.

»Wie ist es ausgegangen, Manni?«, wandte ich mich an den Einzigen aus der Runde, den ich kannte.

»Sieg!«, rief Manni begeistert. »Vier-zwei gegen Nürnberg! Dieses Mal holen wir den Pokal!«

»Klar, nach der Pleite im letzten Jahr sollte es jetzt klappen!«

»Borussia hat in letzter Zeit immer gewonnen. Vor allem gegen Schalke.«

Manni verzog das Gesicht. »Nur nicht gegen den Meidericher SV.«

Einer seiner Kumpel spuckte aus. »Pah. Wer ist schon der Meidericher SV? Borussia wird Meister!«

»Borussia wird Meister«, wiederholten die Umstehenden im Chor, allesamt etwa in Mannis Alter und in dem unbeholfenen Entwicklungsstadium zwischen Junge und Mann. Einer ragte heraus. Er war größer, kräftiger und vermutlich auch älter. Ich schätzte ihn auf Anfang zwanzig.

Mannis Vater, Herr Jankewicz, stand mit zwei weiteren Männern ein Stück entfernt. Sie hielten Bierflaschen in der Hand. »Warst du mit deinem Vater im Stadion?«, fragte ich Manni.

»Nee«, antwortete er. »Wir sind lange vor dem Spiel hin. Da gibt es nämlich einen Trick. Wenn man früh genug da ist, lassen sie einen umsonst rein.« Manni kickte bei den Amateuren und träumte davon, später sein Idol Wosab im Sturm zu ersetzen. »War ein tolles Spiel«, fuhr er fort. »Gleich am Anfang ein Treffer von Emmerich. Dann das Zwei-Null von Konietzka!«

»Aber dann hat der FC Nürnberg in der zweiten Halbzeit aufgeholt, zwei-zwei!«, ergänzte einer seiner Kumpel. »War am Schluss wirklich knapp. Drei-zwei für Dortmund in der zweiundsiebzigsten Minute! Und dann noch mal Konietzka in der fünfundsiebzigsten Minute ...«

»Ende gut, alles gut«, fasste ich zusammen.

»Jau! – Borussia wird Meister!«, skandierte Manni erneut.

»Borussia wird Meister!« Dieses Mal antworteten auch die erwachsenen Männer. An ihren undeutlichen Stimmen erkannte ich, dass das Bier in ihrer Hand nicht das erste an diesem Nachmittag war.

Oh weh, dachte ich, das riecht nach Ärger. Und ich würde ihn hautnah mitbekommen, denn die Familie Jankewicz bewohnte seit einigen Wochen das untere Stockwerk im Pfarrhaus.

In diesem Augenblick erklangen die Kirchenglocken. Sie läuteten das Osterfest ein.

»Rosi«, sagte ich später am Telefon zu meiner Amtsschwester, die gleichzeitig meine Freundin und Vertraute war, »die Jankewicz' unten streiten schon wieder.«

Ich hörte eine dunkle Stimme, die im Verlauf der Auseinandersetzung anschwoll, und eine helle, weinerlich klingende, die sich höher und höher schraubte.

»Streiten sie nur oder schlagen sie sich auch?«, fragte Rosi zurück.

»Woher soll ich das wissen?«

»Hörst du noch etwas außer den Stimmen?«

Ich wollte gerade Nein sagen, da polterte es im unteren Stockwerk, als stieße jemand Tische und Stühle um.

»Rosi, das wird mir langsam unheimlich!«

»Geh runter und sag, sie sollen aufhören!«

»Ich kann mich doch nicht einmischen!«

»Frag, ob sie dir mit ein paar Eiern aushelfen können.«

»Eier habe ich gestern gekauft.«

»Dann bitte um eine Tasse Mehl oder eine Flasche Milch! Spielt keine Rolle, um was, ist ja sowieso nur ein Vorwand!«

Ich legte den Hörer auf und dachte nach. Einerseits ging mich die ganze Geschichte nichts an. Andererseits hing bei den Jankewicz' öfter der Haussegen schief, und ich bekam in dem hellhörigen Haus alles mit.

Eigentlich hatte ich gar nichts gegen die Einquartierung. Schließlich herrschte in Dortmund Wohnungsnot, und die vierköpfige Familie brauchte einen angemessen großen Raum. Als alleinstehende Pastorin konnte ich ohnehin nicht das ganze Pfarrhaus nutzen. Außerdem kam ich mir nicht mehr so einsam vor, seit die Jankewicz' bei mir eingezogen waren.

Rechts vom Pfarrhaus stand eine Schule, von der abends allenfalls die Turnhalle genutzt wurde. Linker Hand wohnten Eisenbahner in ihren Siedlungshäusern. Von ihnen bekam ich wenig mit.

Nun brachten meine Mitbewohner Leben in das Haus. Allerdings etwas zu viel Leben, dachte ich, als unten schon wieder ein Krachen zu hören war. Ich zog mir eine Strickjacke über und machte mich auf den Weg in die untere Etage.

»Könnten Sie bitte mal nachsehen, ob noch genügend Kohlen im Heizkessel sind? Es soll ja kälter werden, vielleicht sogar noch einmal schneien«, sagte ich zu dem mürrisch dreinblickenden Jankewicz, der mir geöffnet hatte und nun im Türrahmen stand. Sein breites Kreuz versperrte mir den Blick ins Wohnungsinnere.

»Wer ist da?«, hörte ich eine weibliche Stimme aus dem Hintergrund. Sie klang ganz normal. Offensichtlich war der Streit inzwischen beigelegt. Der Hausherr brummte etwas, was sich anhörte wie »das Fräulein von oben«. Dann zog er einen Pullover über und machte sich schlurfend auf den Weg in den Keller.

»Frau Jankewicz?«, rief ich in den Korridor hinein. »Alles in Ordnung bei Ihnen?« Eine Frauengestalt mit hellen Haaren erschien im schlecht beleuchteten Flur. Erst auf den zweiten Blick erkannte ich, dass es sich nicht um die Angesprochene handelte, sondern um ihre Tochter.

»Guten Abend, Fräulein Kreuter«, grüßte ich. Frau Jankewicz hatte mir vor wenigen Tagen anvertraut, dass ihre Tochter einen anderen Namen trug, weil sie aus einer früheren Verbindung stammte.

Jankewicz war nach dem Krieg als Flüchtling aus dem Osten gekommen und offenbar begierig darauf gewesen, eine Einheimische zu heiraten. »Es war ein großes Glück, dass ich mein Kuckuckskind mit in die Ehe bringen durfte«, sagte Frau Jankewicz, sah dabei aber alles andere als glücklich aus.

Fräulein Kreuter, mittlerweile im besten Backfischalter, stöckelte auf gewagt hohen Pfennigabsätzen ausgehfertig mit toupiertem Haar zur Wohnungstür. »Suchen Sie Mutter? Die ist in der Küche!«

Ich klopfte an die Küchentür. »Frau Jankewicz?« Ohne eine Antwort abzuwarten, trat ich ein. Hier zeigten sich nun Spuren der handgreiflichen Auseinandersetzung, deren unfreiwillige Ohrenzeugin ich geworden war. Ein Stuhl war umgekippt. Auf dem Fußboden lagen Scherben, und Frau Jankewicz beeilte sich, sie aufzuheben.

»Kann ich Ihnen helfen?«, fragte ich. Die blonde Frau schüttelte den Kopf. Sie hob den Deckel des Mülleimers und warf mit fahrigen Bewegungen die Scherben hinein. Dabei sah sie mich nicht an.

»Frau Jankewicz?«, sagte ich zu ihrem Rücken. Als sie nicht antwortete, fuhr ich fort: »Wenn Sie mich brauchen: Ich wohne oben, das wissen Sie ja. Sprechen Sie mich ruhig an.«

Da sie sich immer noch nicht umdrehte, wünschte ich ihr einen schönen Abend und ging zurück in meine Wohnung.

Später, in meinem Arbeitszimmer, stellte ich mich an das Fenster und schaute hinaus auf den dunklen, menschenleeren Park.

Der kurze Zeiger der Uhr rückte auf neun. Ich atmete tief durch.

»Wie lieblich sind mir deine Wohnungen, Herr Zebaoth!«, begann ich wie jeden Samstagabend den Psalm vierundachtzig zu beten. Ich konnte ihn auswendig, denn meine Amtsschwestern und ich sprachen ihn immer um die gleiche Zeit, jede in ihrer Wohnung. »Meine Seele verlangt und sehnt sich nach den Vorhöfen des Herrn; mein Leib und Seele freuen sich in dem lebendigen Gott.«

In meine Gedanken schloss ich die unglückliche Familie im Erdgeschoss mit ein.

»Herr Zebaoth, wohl dem Menschen, der sich auf dich verlässt!«, rezitierte ich.

In diesem Moment krachte es wieder unter mir.

Dann wurde es dunkel. Der Strom war ausgefallen.

ZWEI

»Amen«, sagte ich und verließ die Kanzel. Die Kirchenbesucher wickelten sich fester in ihre Mäntel. Ich setzte mich in die vorderste Bank und griff zum Gesangbuch. Die Orgel fing an zu spielen, begleitet von dünnem Gesang.

Bei Außentemperaturen um die null Grad wollte sich keine rechte Osterfreude einstellen, zumal die Kirche nicht geheizt war. Auf dem Weg durch den Park hatten meine Schuhsohlen Abdrücke auf einer dünnen Schneedecke hinterlassen, die sich durch den allgegenwärtigen Kohlenstaub bereits wieder grau färbte.

»Idschdi gwupki«, murmelte unser Küster, als ich nach dem Segen dem Ausgang zustrebte, um die Gemeinde zu verabschieden. Wegen dieses häufig gemurmelten Satzes hieß er bei allen nur »Idschdi«. Seinen polnischen Nachnamen verwendete niemand.

Ich stellte mich rechts von der Ausgangstür auf. Neben mir postierte sich mit dem Kollektenkörbchen Presbyter Rabenau, ein untersetzter Mann mittleren Alters. Er war von Beruf Dachdecker und passte viel besser in einen Blaumann als in den Sonntagsanzug.

Frau Jankewicz verließ als eine der Letzten die Kirche. »Auf Wiedersehen«, murmelte sie, nachdem sie eine Münze in das Körbchen geworfen hatte.

Ihr Kopftuch war tief ins Gesicht gezogen, sodass es die blonden Haare fast ganz verdeckte. Immerhin schaute sie mich kurz an, als sie mir flüchtig die Hand reichte. Das war ein Fortschritt zu gestern Abend.

Ihre Tochter, Fräulein Kreuter, legte auf meine Handfläche Finger, die so eiskalt waren, dass ich erschauerte. Mit ihren dünnen Nylons und dem modischen Diolen-Mantel, der eher schmückte als wärmte, war sie für das winterliche Wetter deutlich zu leicht bekleidet.

Hinter den Damen folgte ein junger Mann, den ich zum ersten Mal im Gottesdienst sah. Er war schätzungsweise Mitte zwanzig, etwas jünger als ich.

»Danke für die Predigt. Sie war sehr erbaulich«, lobte er. Dann stellte er sich vor: »Gestatten, mein Name ist Kaminski. Ich bin Ihr Nachbar.«

Ich musterte ihn erstaunt. Lebten in den Häusern nebenan nicht die Eisenbahner, einfache und rechtschaffene Leute, die sich allerdings selten in der Kirche blicken ließen? Er sah nicht aus wie einer von ihnen.

»Ich wohne in der Schule, im Dachgeschoss«, klärte er mich auf. »Eine andere Unterkunft habe ich leider nicht gefunden, Sie wissen schon, die Wohnungsnot. Ich bin Lehrer.«

Bei dem letzten Satz drehte Fräulein Kreuter sich zu uns um und lächelte strahlend. »Lehrer, wie interessant«, säuselte sie und warf ihr halblanges blondes Haar in den Nacken. »Ich meine doch, ich hätte Sie schon gesehen.«

Kaminski nickte und lächelte zurück. »Bestimmt. Ich wohne in der Nachbarschaft«, wiederholte er. Plötzlich kam ich mir ausgeschlossen vor. Der lange schwarze Talar verbarg meine feingliederige Figur. Die dunklen Haare hatte ich zu einem schlichten Knoten zusammengebunden, so war es am praktischsten. Ich sah eben aus wie die Pastorin und nicht wie eine junge Frau. Kein Wunder, dass der Lehrer an Fräulein Kreuter mehr Gefallen fand.

»Dann können wir ja zusammen nach Hause gehen«, schlug die Blondine vor und gönnte dem Pädagogen einen so bedeutungsschweren Blick, als erwarte sie von ihm die Rettung des Planeten oder mindestens ein Rezept gegen die steigende Kriminalitätsrate. »Nicht wahr, Mutter?«

So macht man das also, dachte ich. Da stand ich nun, der herbe und immer etwas unterkühlte Typ, und besaß nicht die Gabe, einem Mann das Gefühl zu vermitteln, die Welt und vor allem ich selbst hätten nur auf ihn gewartet. Ich brauchte immer eine Weile, bis ich mich für jemand erwärmen konnte – auf jeden Fall zu lange für die Männer, die mir im Studium angenehm aufgefallen waren. Nun war es ohnehin zu spät. Ich hatte mich mit meinem Beruf verheiratet.

»Kommen Sie mit uns?« Kaminski sah mich fragend an.

Ich schüttelte den Kopf. »Ein anderes Mal gerne. Heute haben mich die Schwestern zum Mittagessen eingeladen.«

Zu sagen, dass Fräulein Kreuter über diese Mitteilung erfreut war, wäre untertrieben. Mit triumphierendem Blick hakte sie sich bei dem Lehrer ein und vergaß vor lauter Eifer, sich von mir zu verabschieden. Kaminski hingegen zückte seinen Hut und grüßte höflich zu mir herüber, bevor er am Arm meiner Untermieterin entschwand.

Ich blickte den beiden nach. Vermutlich stand der Familie Jankewicz bald eine Hochzeit bevor. Wenn ich an den vergangenen Abend und den heftigen Streit der Eheleute Jankewicz dachte, konnte ich sogar verstehen, dass Fräulein Kreuter es eilig hatte, ihren eigenen Hausstand zu gründen.

»Zählen wir die Kollekte jetzt gleich, Fräulein Pastor?«, riss mich Rabenau aus meinen Gedanken. Ich nickte, und der kräftige Mann folgte mir in die Sakristei.

Das Diakonissenhaus lag nur wenige Schritte von der Kirche entfernt. »Pastor Hanning war heute nicht im Gottesdienst«, stellte Schwester Käthe beim gemeinsamen Mittagessen fest. »Sonst kommt er immer.«

Dampfende Schüsseln mit Braten, Soße, Salzkartoffeln und Gemüse standen auf der weißen Tischdecke. Schwester Käthe, eine ältere Diakonisse, die Kranke und Bedürftige in der Gemeinde versorgte, kochte gutbürgerlich und nahrhaft.

Schwester Tabea, die neben mir Platz genommen hatte, lud als die Jüngste in unserer Runde die Portionen auf. Bevor wir mit dem Essen begannen, senkten wir die Köpfe und falteten die Hände.

»Komm, Herr Jesus, sei du unser Gast und segne, was du uns bescheret hast«, sprach die Hausherrin.

»Amen«, antworteten wir.

Danach waren wir für eine Weile beschäftigt.

»Ich mache mir Sorgen um Pastor Hanning«, nahm Schwester Käthe schließlich das anfängliche Thema wieder auf.

»Vielleicht ist er ja über Ostern verreist«, mutmaßte Schwester Tabea. »Bei den Junggesellen weiß man nie, wo sie sich herumtreiben!« Tabea war eine brünette junge Frau, deren feine Gesichtszüge unter der weiß gestärkten Diakonissenhaube besonders gut zur Geltung kamen.

»Wenn er verreist wäre, hätte er Bescheid gesagt, damit ich mich um seine Mutter kümmere. Er kann sie höchstens für ein paar Stunden allein lassen«, wandte Schwester Käthe ein. »Immer muss jemand im Haus sein. Sie ist schon im Nachthemd draußen herumgelaufen.«

»Also, ich würde ja einen unverheirateten Pastor gar nicht auf die Kanzel lassen«, stichelte Tabea weiter.

»Zum Glück geht es nicht nach dir!«, bügelte die Ältere sie ab.

Ich gab zu Protokoll: »Gestern Nachmittag habe ich Pastor Hanning noch gesehen. Er hat beim Abschied zu mir gesagt: ›Bis morgen im Gottesdienst!‹«

Schwester Käthe nickte. »Ja, ja, er ist ein treuer Kirchenbesucher.« Dann bot sie mir mit einem Blick auf meinen schmalen Oberkörper in der Kostümjacke an: »Möchten Sie noch etwas von dem Braten, Fräulein Gerlach? Sie können es ja vertragen.«

»Danke, nein.«

»Vielleicht hat der Pastor es sich anders überlegt und ist heute Morgen weggefahren«, überlegte Schwester Tabea.

»Bei diesem Wetter?«, fragte ich ungläubig. Draußen schneite es schon wieder.

»Das ist außerdem nicht seine Art«, erwiderte Schwester Käthe resolut. »Ich bin seit über vierzig Jahren in der Gemeinde. Pastor Hanning lebt seit mehr als zehn Jahren hier. Da weiß man, mit wem man es zu tun hat. Der fährt nicht einfach weg, ohne mir Bescheid zu sagen.«

Der obligatorische Spaziergang, den Schwester Käthe und ich nach dem Essen antraten, führte durch das Schlesierviertel in die Sudermannstraße.

Dort residierte Trudi, die Königin der Trinkhallen, eine auffällige Gestalt mit stark geschminktem Gesicht und weiß-violettem Zuckerwatte-Haar. Was Trudi nicht wusste, war nicht passiert.

»Schwester Käthe«, rief sie erfreut, »wie geht's?« Und zu mir: »Tach, Fräulein Pastor!«

Einige Männer mit Bierflaschen in der Hand standen am Kiosk. Sie beachteten uns nicht.

»Haben Sie den Pastor gesehen?«, fragte Schwester Käthe. Sie ignorierte die umstehenden Männer ebenfalls.

»Grad eben ist er hier vorbeigefahren, mit seiner Frau«, gab Trudi Auskunft.

»Nein, nicht der. Nicht Kruse, sondern Hanning«, stellte Schwester Käthe richtig. »Der andere Pastor.«

»Ah, der. Nee, der war heut noch nich hier.«

»Wann denn dann?« Schwester Käthe übernahm die knappe Ausdrucksweise von Trudi.

»Gestern Abend, hat sich noch Bier geholt.«

»Mir auch noch 'n Bier«, griff einer der Männer das Stichwort auf. Trudi reichte ihm das Gewünschte.

Ich fragte mich, warum diese Männer in der Kälte herumstanden. Hatten sie kein Zuhause? Gerade fing es wieder an zu schneien, eher ein Schneeregen, unangenehm kühl und nass. Nicht einmal der Bürgersteig wurde weiß.

»Wann genau gestern Abend?«, hakte Schwester Käthe nach.

»Kann ich nich sagen. Jedenfalls war's schon lange dunkel.«

»Aha. Na, dann wollen wir mal wieder. Schönen Tag noch!«

Wenige Minuten später standen wir vor dem Haus des Kollegen. Es war zwei Uhr, die Zeit der Mittagsruhe. Schwester Käthe störte das nicht. Energisch betätigte sie die Klingel. Als niemand öffnete, schellte sie ein zweites und dann ein drittes Mal.

Schließlich öffnete sich ein Fenster im ersten Stock, der Kopf einer älteren Frau erschien im Fensterrahmen. »Wer ist da?«, fragte sie.

»Schwester Käthe ist unten!«, rief die Diakonisse mit ihrer kräftigen, sonoren Stimme.

»Wer?«

»Schwester Käthe!«, trompetete meine Begleiterin, dieses Mal noch lauter. »Machen Sie auf, Frau Hanning!«

Keine Antwort.

Die Diakonisse gab nicht auf: »Frau Hanning, es ist wichtig!«

»Ach nein, wir kaufen nichts!«, sagte die ältere Dame mit gezierter Stimme und schlug das Fenster über uns wieder zu.

»Und nun?« Ich sah Schwester Käthe ratlos an.

»Ich habe einen Schlüssel! Gehen wir rein.«

Das Licht im Treppenhaus funktionierte nicht, und so tasteten wir uns durch das Halbdunkel über die Holztreppe nach oben. Die Klingel an der Wohnungstür gab keinen Ton von sich. Die Schwester klopfte mit dem Knöchel an die Holzverkleidung.

Drinnen rührte sich nichts. Nach dem zweiten Versuch öffnete die Schwester die Tür mit dem Schlüssel.

»Hallo?«, rief sie in den Flur hinein.

Beim zweiten Ruf erschien die alte Dame, die wir zuvor am Fenster gesehen hatten. Ein viel zu großes helles Kleid, vielleicht ein Nachthemd, umschlotterte die magere kleine Gestalt.

»Pssst«, flüsterte sie und hielt den Finger vor den Mund. »Leise. Mein Mann schläft.«

Schwester Käthe beugte sich zu ihr hin.

»Wo?«, fragte sie im gleichen Flüsterton zurück. »Wo schläft denn Ihr Mann, Frau Hanning?«

Ich wunderte mich. So weit mir bekannt, war Frau Hanning verwitwet. Was erzählte sie dann von ihrem Mann?

»Er schläft so schön tief«, wiederholte die alte Dame. »Nicht aufwecken!«

»Wo liegt er denn?«, insistierte Schwester Käthe.

»Nebenan, im Wohnzimmer.«

Die alte Frau schlich auf Zehenspitzen zu einer vergilbten Tür mit Glaseinsatz. Vorsichtig zog sie sie einen Spaltbreit auf.

»Friedrich, schläfst du noch? Wir haben Besuch!«

Sie betrat das Zimmer. Wir folgten ihr.

Auf der Couch, unter einer braunen Decke, lag Pastor Hanning. Schwester Käthe ging zu ihm und fasste ihn am Handgelenk.

»Der schläft nicht«, sagte sie gleich darauf mit der Gewissheit einer Person, die schon viele Menschen hat sterben sehen. »Der ist tot!«

DREI

»Rosi«, sagte ich zu meiner Freundin am Telefon, »wir haben über eine Stunde auf den Arzt gewartet. Du kannst dir kaum vorstellen, wie gruselig das war, mit dem Toten in der Wohnung.«

»Martha«, sagte Rosi am anderen Ende, »ich arbeite als Seelsorgerin im Altenheim. Da habe ich schon viele Menschen sterben sehen.«

»Im Altenheim ist das normal, da sind die Leute alt. Hanning war höchstens vierzig!«

»Woran ist er denn gestorben?«

»Ich weiß es nicht, der Arzt hat uns den Befund nicht mitgeteilt.«

»War die Polizei da?«

»Die Polizei? Warum das?«

»Es könnte ja sein, dass er keines natürlichen Todes gestorben ist. Hanning war doch gesund, oder?«

»Soweit ich weiß …«

»Also keine Polizei?«

Ich runzelte die Stirn.

Schwester Käthe hatte den Arzt angerufen und war anschließend neben dem Toten sitzen geblieben. Ich hatte die Mutter meines verstorbenen Kollegen in die Küche begleitet, wo sie auf mich eingeredet hatte. Froh über die Ablenkung hatte ich sie reden lassen, ohne die Bedeutung ihrer wirren Worte wahrzunehmen. Durch die Scheiben war das diffuse Licht des trüben Nachmittags gefallen. Und ich hatte entsetzlich in dem ungeheizten Raum gefroren.

»Wie lange hast du denn in der Küche gewartet?«, fragte Rosi jetzt.

»Weiß ich nicht.«

»Stimmt. Du trägst ja so gut wie nie eine Uhr.«

»Wenn ich es recht überlege: Auf der Anrichte lag eine Uhr.«

»Lag? Sie stand nicht dort?«

»Ja, es war eine Armbanduhr. Jedenfalls was mit Armband. Metall, eine Herrenuhr. Vermutlich von Hanning. Als ich das erste Mal darauf schaute, war es kurz nach zwei. Dann halb drei vorbei. Der Arzt kam noch später.«

»Wie viel später?«

»Nach drei, schätze ich, aber ich habe nicht mehr darauf geschaut. Ich wollte einfach nur weg. Und dann bin ich auch gegangen«, gestand ich. »Was danach passiert ist, weiß ich nicht. Möglich, dass die Polizei noch kam. Wenn ich mich recht entsinne, habe ich das Martinshorn gehört.«

»Du bist abgehauen und hast dir diese Sensation entgehen lassen?« Rosi konnte es kaum glauben. »Du warst doch immer die Neugier in Person!«

»Rosi, es war gruselig! Mir war so schlecht … ich wollte nur noch nach Hause!«

Da war ich erst seit wenigen Wochen in der Gemeinde, und dann fand ausgerechnet ich die Leiche eines Kollegen. Und noch dazu die desjenigen Kollegen, den ich mochte und schätzte.

Warum hatte es nicht den anderen getroffen?

Sofort schämte ich mich für diesen Gedanken.

Mir fiel noch etwas ein: »Gleichzeitig mit dem Arzt kam Kruse in Begleitung seiner Frau. Dann folgte jemand, den ich nicht kenne.«

»Und? Wie hat dein Kollege reagiert?«

»Er hat gesagt: ›Schwester Gerlach, das ist ja wie in der Ostergeschichte: Die Frauen waren zuerst am Grab.‹«

»Ganz schön makabere Bemerkung von unserem lieben Kollegen«, stellte Rosi fest. »Wahrscheinlich wäre er selbst gern der Erste gewesen.«

Plötzlich packte mich ein Lachreiz, einer von der Sorte, die das Zwerchfell hüpfen lässt und sich immer weiter fortpflanzt, wie ein Echo, das durch die Gänge eines Höhlenlabyrinths von einer Wand zur anderen geworfen wird. Ich konnte gar nicht mehr aufhören zu lachen. Es war unpassend angesichts der erschütternden Ereignisse, aber ich war meinem Anfall ausgeliefert.

»Das ist der Schock«, meinte Rosi trocken. »Und die Anspannung. Pass nur auf, dass dir das nicht bei jemand anderem passiert. Man könnte deine Reaktion missverstehen.«

»Ja – ha-ha-ha«, wieherte ich in den Telefonhörer. »Ich weiei-eiß!«

»Ruf mich später noch mal an«, sagte Rosi und legte auf.

Die Küchenuhr auf der geblümten Tapete zeigte kurz nach halb sieben. Zum Abendessen gab es zwei Scheiben trockenes Graubrot und eine Tasse Pfefferminztee, genug nach dem opulenten Mittagsmahl. Außerdem revoltierte mein Magen immer noch. Ich war froh, dass die Küche einen kleinen Elektroherd hatte, auf dem ich den Wasserkessel erhitzen konnte.

Als ich Teller und Tasse später am Spülstein abwusch, stellte ich fest, dass kaum noch warmes Wasser floss. Dabei fiel mir ein, dass ich vergessen hatte, am gestrigen Samstag mein wöchentliches Bad zu nehmen.

Ich lüftete das Wohnzimmer. Die Fensterscheiben waren schon wieder mit einem grauen Film überzogen. Wenige Tage vor Ostern hatte ich sie abgeledert, doch im Kohlenpott blieben geputzte Fenster nie lange klar. Dann zog ich die verblichenen Vorhänge zu, die ich ersetzen wollte, sobald ich es mir finanziell leisten konnte. Und ich fror schon wieder. Hatte Jankewicz vergessen, im Heizkeller Kohlen nachzulegen?

Während ich noch überlegte, ob ich ihm Bescheid sagen sollte, klopfte es an der Wohnungstür. Wer mochte das sein in dieser Abendstunde?

Erneut wählte ich Rosis Nummer. »Bleib bitte dran, bis ich nachgeschaut habe, wer vor der Tür steht«, bat ich sie. »Wenn ich schreie, ruf die Polizei.«

Es klopfte noch einmal.

Ich postierte mich hinter der Wohnungstür. »Wer ist da?«

»Frau Jankewicz.«

Das war ein harmloser Besuch, auch wenn er mir im Moment nicht passte. Aber ich hatte ihr schließlich angeboten zu kommen, und so konnte ich sie jetzt nicht abweisen. Wahrscheinlich hatte sie zudem das Licht im Flur gesehen.

Zögernd drehte ich den Türknauf und öffnete.

»Kann ich Sie sprechen?«

Ich wies zum Wohnzimmer. »Nehmen Sie schon einmal Platz, ich komme sofort!«

»Alles in Ordnung«, sagte ich zu Rosi. »Es ist nur die Frau von unten.«

»Wir haben noch kein Telefon«, eröffnete Frau Jankewicz das Gespräch.

»Ich brauche es für meinen Beruf.«

Sie erwiderte nichts, schaute auf ihre Hände, die gefaltet im Schoß lagen. Im Schein der Deckenlampe wirkte ihr Gesicht fahl. In den blonden Haaren waren bereits einzelne graue Strähnen zu sehen.

»Was kann ich für Sie tun?«

»Es geht um die Familie.«

»Sie meinen, um Sie und Ihren Mann?«, mutmaßte ich.

»Um meine Tochter. Ich mache mir Sorgen. Sie hat einen Freund.«

»Das ist nicht ungewöhnlich in ihrem Alter …«, antwortete ich und dachte irritiert an die Begegnung nach dem Gottesdienst und Fräulein Kreuters Interesse an dem jungen Lehrer.

»Sie geht mit einem Ausländer«, klagte Frau Jankewicz. »Ich mache mir Sorgen um ihren Ruf.«

»Weiß Ihr Mann davon?«

»Um Gottes willen!«, entfuhr es ihr spontan. Sofort schlug sie die Hand vor den Mund. Ihr war wohl eingefallen, dass man den Namen Gottes nicht unnütz führen sollte, und schon gar nicht in Gegenwart einer Pastorin.

Ich winkte ab. »Schon gut!«

»Ein Makkaronifresser kommt mir nicht ins Haus, sagt mein Mann immer«, fuhr sie fort.

»Ein – was – bitte?«

»Makkaronifresser«, wiederholte sie. »Kümmeltürke.«

»Also geht sie mit einem Italiener? Mit einem Türken?«

»Er ist wohl Spanier. Katholisch außerdem. Mein Mann vergisst sich, wenn er davon erfährt.«

»Und Sie?«, fragte ich. »Wie denken Sie darüber?«

Sie blickte wieder auf ihre Hände.

»Was ich denke, zählt nicht«, sagte sie schließlich.

Wieder senkte sich Stille zwischen uns.

»Schlägt er Sie?«, fragte ich dann, und im selben Moment fiel mir auf, wie doppeldeutig diese Frage war. Meinte ich die Tochter oder die Frau?

»Wissen Sie, er ist kein schlechter Mann. Er hat Probleme. Sie entlassen Leute auf der Zeche, und mein Mann kommt wohl auch bald dran.«

»Aber es werden doch überall Arbeitskräfte gesucht! Da findet Ihr Mann sicher etwas anderes.«

»Er hat ja nichts gelernt«, sagte sie leise. »Jetzt kommen sie von überall her und wollen hier Arbeit. Die Gastarbeiter. Die sollen bleiben, wo sie hingehören, sagt mein Mann immer. Die haben bei uns nichts verloren.«

»Und zu allem Überfluss geht Ihre Tochter mit einem Spanier«, fasste ich zusammen.

»Können Sie nicht mit ihr reden, von Frau zu Frau? Vielleicht kommt sie zur Vernunft. Der Lehrer von heute Morgen, warum nimmt sie nicht den? Ein Lehrer, das ist doch schon mal was.«

»Ich kenne Ihre Tochter kaum.«

»Sie würden mir sehr helfen.«

»Ich weiß nicht, ob man anderen in Herzensangelegenheiten raten kann.«

»Können Sie es nicht wenigstens versuchen?« Ihre Stimme klang verzweifelt, und nicht zum ersten Mal dachte ich über die Lebensgeschichte dieser Frau nach, die anscheinend aus besseren Verhältnissen kam, als ihr Mann sie ihr bieten konnte. Auf der Suche nach einer passenden Entgegnung starrte ich auf die hässlichen Vorhänge.

Als es an der Haustür klingelte, atmete ich erleichtert auf. Automatisch erhob ich mich, betrat die Toilette und öffnete das Fenster. »Wer ist da?«, rief ich aus dem Klofenster.

»Van Diecken!«, antwortete die volltönende Stimme meines Chefs.

Irritiert betätigte ich den Türsummer.

»Schwester Gerlach! Es tut mir leid, dass ich zu so später Stunde noch störe!« Voller Elan kam Superintendent van Diecken, ein großer Mann in den Vierzigern, die Treppe herauf. »Darf ich hereinkommen?«

»Ja, bitte«, sagte ich in größter Verlegenheit und versuchte, die abgestoßenen Stellen an der Flurwand mit meinem Körper zu verdecken.

Doch van Diecken achtete gar nicht auf seine Umgebung. »Ich habe es vorhin erfahren! Schwester Käthe rief mich an und teilte mir mit, dass Pastor Hanning ganz plötzlich verstorben ist.« Seine Präsenz füllte den Korridor.

Meine Nachbarin warf einen verschreckten Blick auf den unerwarteten Besucher. Vermutlich hatte sie erst jetzt vom Tod des Pastors erfahren.

»Das ist Frau Jankewicz«, stellte ich sie meinem Chef vor, »aus der unteren Wohnung.«

»Ach, Sie haben ja eine Familie aufgenommen«, erinnerte sich der Superintendent. »Recht so, Schwester Gerlach! – Gastfrei zu sein vergesst nicht! Denn dadurch haben einige ohne ihr Wissen Engel beherbergt!«, zitierte er einen Vers aus der Bibel. Dann wandte er sich an die schmale Frau: »Schön, Sie kennenzulernen, auch wenn die Umstände traurig sind!«

Frau Jankewicz sah nun völlig eingeschüchtert aus. Mit gesenktem Kopf schlüpfte sie an uns vorbei, murmelte »Wiedersehen« und verschwand im Treppenhaus.

Van Diecken steuerte das Wohnzimmer an und nahm unaufgefordert auf einem Sessel Platz. »Wie geht es Ihnen nun, Schwester Gerlach? Ich hörte, Sie waren dabei, als Schwester Käthe den Pastor fand?«

Ich nickte. »Das war eine ganz schreckliche Situation. Und so unerwartet.«

»Es ist für uns alle ein schlimmer Verlust. Sie in der Gemeinde trifft es natürlich ganz besonders. Ich habe Bruder Kruse gebeten, am morgigen Ostermontag die Predigt zu übernehmen.«

Mir fiel noch etwas ein. »Wissen Sie, was jetzt mit der alten

Frau Hanning passiert? Sie kann nicht alleine bleiben, besonders nicht über Nacht.«

»Sie zieht bis auf Weiteres zu den Schwestern. Tabea kümmert sich um sie, bis eine andere Lösung gefunden ist.«

»Meinen Sie damit ein Altenheim?«

»Wahrscheinlich ist das die einzige Möglichkeit.« Van Diecken seufzte leise. »Ich möchte Sie übrigens bitten, die Ansprache bei der Beerdigung zu halten.«

»Mich?«, fragte ich erschrocken. »Ich bin doch erst seit Kurzem in der Gemeinde!«

»Sie werden das schon richtig machen. Ich halte große Stücke auf Sie.«

»Wäre die Ansprache nicht Aufgabe von Pastor Kruse?«

»Ich habe Sie gebeten.«

Widerspruch war zwecklos, also nickte ich ergeben. Bruder Kruse würde dazu mit Sicherheit wieder einen bissigen Kommentar loslassen.

Was hatte er mir vor einigen Tagen auf der Straße hinterhergerufen?

»Schwester Gerlach, ich habe einen Mann für Sie … zum Beerdigen!«

In diesem Fall hätte die Bemerkung den Nagel auf den Kopf getroffen.

VIER

Der goldene Engel löste sich aus dem Altar und wurde größer und größer.

Schließlich verdeckte er die Sonne. »Ich habe den Stein vor das Grab gesetzt«, sagte er, und seine Stimme klang wie Donnergrollen. Blitze zuckten hinter ihm.

Der Engel färbte sich schwarz. Er verwandelte sich in ein großes katzenhaftes Wesen. In dem schwarzen Kopf leuchteten giftige gelbe Augen. »Ich wasche meine Hände in Unschuld«, schrie ich, doch zu meinem Schrecken entdeckte ich, dass meine Hände schwarz waren. »Da lachen ja die Hühner«, kicherte es aus dem Hintergrund.

»Der Hahn hat zweimal gekräht, und jetzt bist du an der Reihe«, grollte der Katzenengel und griff nach mir. Ich wollte fliehen, doch meine Füße waren wie festgewurzelt. Die schwarze Riesenkatze setzte mir nach, der Abstand verringerte sich. Gleich würde sie zupacken und mich zwischen ihren Krallen zerfetzen.

Da krähte der Hahn ein drittes Mal, und ich wachte auf. Doch nicht der Hahn hatte mich aus dem Schlaf gerissen, sondern das Telefon.

Ich brauchte einige Sekunden, um mich zurechtzufinden und zum Fernsprechapparat zu gelangen. Als ich den Hörer abhob, war er verstummt. Kaum wollte ich den Wasserkessel aufsetzen, schellte es erneut.

»Evangelisches Pfarramt«, meldete ich mich.

»Ich möchte mit Fräulein Gerlach sprechen!« Die männliche Stimme klang befehlsgewohnt.

»Das bin ich.«

»Kriminalpolizei Dortmund. Wir hätten einige Fragen an Sie bezüglich des verstorbenen Herrn Hanning.«

»Da wenden Sie sich besser an meinen Kollegen Kruse. Der kannte ihn länger.«

»Haben nicht Sie den Verstorbenen gefunden?«

»Doch. Schon.«

»Wann können Sie zum Revier kommen?«

In der Zeitung las ich, dass Tausende Osterurlauber bei Schneeregen im Stau stecken geblieben waren. Aussicht auf besseres Wetter bestand nicht. Ich blätterte durch den Lokalteil. Pastor Hannings plötzlicher Tod war mit einem kleinen Artikel bedacht. Ein Unfall. Als Todesursache wurde ein Leck in der Heizungsanlage angegeben. Das machte mich stutzig. Wenn das die Ursache war, warum lebte die alte Dame dann noch, und mein Kollege war verstorben?

Hatte der Tag bereits schlecht begonnen, so ging er noch schlechter weiter. Vor der Haustür saß ein widerlicher schwarzer Kater, ähnlich dem in meinem Alptraum. Mit schwefelgelben Augen starrte er mich an. »Tu mir nichts, dann tu ich dir auch nichts«, murmelte ich und wollte schnell an dem Tier vorbei. Es maß mich mit einem verachtungsvollen Blick und verschwand lautlos im Westpark. Ich versuchte, nicht daran zu denken, dass schwarze Katzen Unglück brachten.

Der nächste Schrecken ereilte mich, als mich jemand von der Seite ansprach. »Fräulein Pastor«, sagte eine männliche Stimme. Ich drehte den Kopf. Zu meiner Erleichterung erblickte ich den Lehrer, der offensichtlich von einem Morgenspaziergang zurückkam.

»Guten Tag«, sagte ich verlegen, weil mir sein Name nicht einfiel.

»Kaminski«, stellte sich der junge Mann erneut vor.

»Ich weiß. Sie sind der Lehrer, der im Schulhaus wohnt.«

»Ich habe vom Tod Ihres Kollegen gehört«, fuhr der Pädagoge fort. »Mein herzliches Beileid.«

»Danke. Ja, das ist ein harter Schlag.«

»Sie werden jetzt sicher einiges zu tun haben?«

»Ich muss zur Wache. Die Polizei will mich befragen.«

Kaminski berührte seinen Hut. »Erlauben Sie, dass ich Sie begleite?«, fragte er höflich.

»Müssen Sie denn nicht in die Schule?«

»Es sind Osterferien.«

»Meinetwegen dürfen Sie gerne mitkommen«, erwiderte ich. Tatsächlich fühlte ich mich nicht nur geschmeichelt, dass mir ein netter junger Mann sein Geleit anbot, sondern war dankbar für seine Unterstützung.

Das Polizeigebäude lag an der Markgrafenstraße, Ecke Hohe Straße. Der Mann am Empfang erklärte mir den Weg zu den Fahrstühlen. »Ich warte hier auf Sie«, bot Kaminski an, während ich mich auf den Weg in die Höhle des Löwen machte.

Verqualmte Luft schlug mir entgegen, als ich nach dem Anklopfen und dem auffordernden »Herein« die Bürotür öffnete.

Ein untersetzter Mann in einem ausgebeulten Sakko erhob sich hinter dem Schreibtisch und reichte mir die Hand.

»Gestatten, Kommissar Kellmann«, bellte er, und ich erkannte die Stimme vom Telefon wieder. »Sie haben den verstorbenen Hanning aufgefunden!« Es war eine Feststellung, keine Frage.

Ich nahm dem Kommissar gegenüber auf einem harten Stuhl Platz. Kellmann klopfte eine Zigarette aus einer zerknautschten Schachtel und zündete sie an. »Berichten Sie! Wie ist das vor sich gegangen? Was ist Ihnen aufgefallen?«

»Ich weiß nicht, was meinen Sie? Hanning lag auf der Couch. Im ersten Moment dachte ich, er schliefe. Was hätte mir auffallen sollen?«

Kellmann machte eine ausladende Handbewegung. Dabei fiel Zigarettenasche auf die Tastatur einer Schreibmaschine, die auf dem Tisch stand.

»Von vorne! Wie sind Sie in die Wohnung gekommen? War jemand bei Ihnen? Wer hat die Tür geöffnet?«

Er beugte sich über den Tisch. Sein Gesicht war so nah an dem meinem, dass ich die Farbe seiner Augen erkennen konnte. Sie waren dunkelbraun und schüchterten mich ein mit ihrem eindringlichen Blick.

Unwillkürlich lehnte ich mich zurück. Der Rauch im Raum störte mich, doch ich wagte nicht, mich zu beschweren.

Kellmann lehnte sich ebenfalls zurück und drückte die Zigarette aus. »Ich höre!«

Also erzählte ich, wie ich Hanning an jenem kühlen Ostersonntag vorgefunden hatte.

»Was ist Ihnen aufgefallen? War es kalt oder warm in der Wohnung? Roch es merkwürdig?«

»Die Wohnung war nicht geheizt. Komisch, dass die alte Dame nicht gefroren hat, sie hatte nur ein dünnes Kleid an, wenn ich mich recht erinnere …«

Kellmann nickte. »Ich muss das zu Protokoll nehmen.« Er erhob sich, ging zum Schrank und entnahm diesem mehrere Blatt Papier sowie einen Bogen Kohlepapier. Er spannte zwei Blatt und das Kohlepapier in die Schreibmaschine und begann, im Zweifingersystem auf die Tastatur einzuhacken. Dabei zündete er sich den nächsten Glimmstängel an.

Ich fasste mir ein Herz. »Könnten Sie für einen Moment das Fenster öffnen, bitte?«

»Wir sind gleich fertig!«, erklärte Kellmann, ohne auf meine Bitte einzugehen.

Er sah mich an, die Hände immer noch auf der Tastatur. »Die Leiche? Wie sah sie aus? Wie war die Beschaffenheit der Haut?«

Ich fand seine Art zu fragen nicht besonders pietätvoll, doch vermutlich lag das an seinem Beruf.

»Sie waren doch da, bis der Arzt kam! Sind Ihnen die Flecken auf der Haut nicht aufgefallen?«

»Flecken? Die Haut war rot, aber ich dachte nicht, dass das etwas zu bedeuten hat. Es war nicht besonders hell im Raum.«

Kellmann maß mich mit einem Blick, als wollte er sagen: Besonders helle bist du auch nicht, und das Denken ist eben Glücksache, besonders bei Frauen. Zu meiner Erleichterung verkniff er sich jeglichen Kommentar.

In diesem Moment klopfte es an der Tür, und ein junger Mann betrat den Raum, ohne eine Antwort abzuwarten.

»Wer hat Sie denn reingelassen, Luschinski?«, bellte Kellmann. »Sie haben mir gerade noch gefehlt!«

»Ja, Ihnen auch einen schönen Tag, Herr Kommissar«, erklärte der Eindringling mit einem fröhlichen Grinsen.

»Vergiftung«, berichtete ich. »Wahrscheinlich Kohlenmonoxid, aber das ist noch nicht sicher. Es gibt noch eine Obduktion.«

Kaminski hatte am Haupteingang auf mich gewartet und ließ sich auf dem Rückweg Bericht erstatten. »Hat es nach Gas gerochen?«

Er hatte Mühe, seinen Schritt dem meinen anzupassen. Ich war das Laufen gewöhnt und legte ein rasches Tempo vor.

»Das hat mich der Kommissar auch gefragt. Ich kann mich nicht erinnern. Nachdem Schwester Käthe gesagt hatte: ›Der ist tot‹, war ich ziemlich durcheinander.«

Mittlerweile waren wir am Wall angelangt und warteten darauf, dass die Fußgängerampel umsprang.

»Das kann ich verstehen.« Kaminski redete gegen den vorbeibrausenden Verkehr an. Er trat einen Schritt näher und sagte etwas dicht an meinem Ohr.

Ganz nah am Ohr hörte ich die Stimme meiner Mutter: »Komm weg hier, schnell …« Zerfetzte Menschenleiber lagen auf den Straßen, blutig und kalt. Ohrenbetäubend die Stille nach der Explosion. Trümmer. Und Nacht, dann Morgengrauen. Ich war sieben Jahre alt, es war Spätherbst, und der Krieg dauerte schon viel zu lange. Es roch nach Verwesung. Ich hatte keine Angst, damals nicht und danach nie wieder. Nur Beklemmungen. Manchmal. Jetzt. Wir liefen und liefen. Meine Mutter zerrte mich weiter, wenn ich mich hinsetzen wollte, müde und der Erschöpfung nah.

Automatisch setzten sich meine Füße in Bewegung.

»Halt! Es ist rot!«, rief eine Stimme von hinten.

Bremsen kreischten, ein Auto hielt, der Fahrer schimpfte aus dem Fenster: »Fräulein! Sind Sie verrückt? Beinahe hätte ich Sie umgefahren!«

»Entschuldigung.«

Ich wollte weiterlaufen und die Kreuzung überqueren, doch eine Hand am Oberarm hinderte mich daran. Mit überraschender Kraft hielt mich der junge Lehrer zurück und führte mich zum Bürgersteig.

»Geht es wieder?«, erkundigte er sich mitfühlend.

Ich atmete durch. »Danke. Es ist schon in Ordnung. Vorbei.« Tatsächlich waren die Bilder verblasst und die Stimmen verschwunden.

»Brauchen Sie einen Arzt?«

Ich schüttelte den Kopf. »Mir geht es gut. Lassen Sie nur!« Ich versuchte mich ihm zu entwinden.

Er löste seinen Griff und trat zur Seite. »Ich bringe Sie nach Hause!«

»Ach nein, das ist nicht nötig.«

Unbeeindruckt von meinem Einspruch begleitete Kaminski mich zu meiner Pfarrwohnung und bettete mich auf das schäbige Sofa im Wohnzimmer. Dann holte er ein Glas Leitungswasser und stellte es auf das Tischchen. Kurz darauf schlief ich ein.

FÜNF

»Dat ist ja wohl 'n Ding mit dem Pastor! Liecht der einfach tot inne Wohnung!« Trudi machte keine Anstalten, die Brause zu holen, nach der ich gefragt hatte. Sie hatte sowieso nur als Vorwand gedient.

Ich stand in dem kleinen Innenraum der Trinkhalle. Außer mir befand sich keine weitere Kundschaft im Laden.

»Über die Toten nichts Schlechtes, sacht man ja, aber der Hanning mit seinen Frauen, nee, nee …« Sie schüttelte den Kopf. »Ich hab immer gesacht, das geht nich mehr lange gut …«

»Was meinen Sie damit?«

»Na, da isses doch zugegangen wie im Taubenschlach! Heute 'ne Brünette, morgen 'ne Schwatte, 'ne Rote gab's auch mal zwischendurch, und zum Schluss so 'ne Blonde, Feine.«

»Wissen Sie, wer das war?«

»Na, aber die kennen Sie doch! Die jetz bei Ihnen unten wohnt. Die is immer zum Pastor seine Wohnung, mehrmals inne Woche.«

»Fräulein Kreuter?«, wunderte ich mich. Laut Aussage der Mutter ging sie mit einem Spanier. Den Lehrer hatte sie ebenfalls im Blick. War sie auch mit dem Pastor näher bekannt gewesen?

»Ich behalt mir doch die Namen nich. Ich seh nur, wer hier vorbei geht, wer 'n Bier trinkt und wer hier wen besucht.«

»Ach ja? Erzählen Sie mehr, gnädige Frau!« Ich erkannte den jungen Mann, der auf der Polizeiwache so wenig willkommen gewesen war. Unbemerkt hatte er den Laden betreten.

»Ach nee. Der rasende Reporter. Wat willst du denn schon wieder hier?«

»Informationen. Was sonst?«

»Na, da biste aber an der falschen Stelle«, behauptete die Kioskbesitzerin. »Ich weiß rein gar nichts. Und wenn ich was wüsste, tät ich's dir gerade sagen!« Sie stemmte die Hände in die Hüften.

Einer der Trinker näherte sich der Warenausgabe. Unaufgefordert zog Trudi ein Bier hervor. Der Mann nahm die Flasche entgegen, ließ den Bügelverschluss aufklicken und nahm einen tiefen Schluck. Es war zehn Uhr morgens.

Ich wandte mich zum Ausgang.

»Fräulein Pastor, Ihre Brause!«, rief Trudi mir nach. Ich drehte mich nicht um. Sollte sie ihre Brause allein trinken.

Kurz vor dem Gemeindehaus legte sich eine Hand auf meine Schulter. Ich blickte in das Gesicht des Reporters.

»Liebes Fräulein, nicht so eilig!«, rief er. »Haben Sie mal einen Moment Zeit für mich?«

Auf den zweiten Blick sah ich, dass der blonde Schopf ihn jünger wirken ließ, als er vermutlich war. Um die Augen herum hatten sich Fältchen eingenistet. Ich schätzte ihn auf etwa vierzig. Fröhlich zwinkerte er mir zu. Die Art, wie er das tat, erinnerte mich an jemand.

»Erkennen Sie mich nicht? Wir sind uns am Sonntag im Flur begegnet. Als Sie den Toten gefunden haben. Luschinski mein Name«, stellte er sich vor und tippte sich an einen imaginären Hut.

»Das waren Sie? Der Reporter? Ich dachte, Sie gehörten zum Doktor!«

»Ich bin mit ihm ins Haus geschlüpft. Als Journalist muss man die Gunst der Stunde nutzen.« Er schob einen Kaugummi im Mund herum. Eine Kamera baumelte vor seiner Brust. »Was wollte Kellmann von Ihnen?«

»Nichts Besonderes.«

»Ach, kommen Sie. Ich weiß doch längst, dass der Pastor an einer Vergiftung gestorben ist. Kohlenmonoxid. Haben Sie mal überlegt, warum die Mutter noch lebt?«

Ich zuckte mit den Schultern.

»Und warum hat die Kripo Sie zur Wache zitiert? Glauben Sie mir, da ist was nicht mit rechten Dingen zugegangen.«

»War der Artikel in der RuhrRundschau von Ihnen?«

Er zwinkerte wieder, ohne meine Frage zu beantworten. »Und dann die Kotze im Keller! Pardon, so was sagt man nicht gegenüber einer Dame. Im Flur waren noch Spuren von Erbrochenem. Haben Sie das nicht mitgekriegt?«

Vage erinnerte ich mich an einen merkwürdigen Geruch.

»Den Pastor hat es im Heizkeller erwischt, davon geht man inzwischen aus. Dort war auch das Leck in der Anlage. Die mutmaßliche Todesursache. Ob aus Versehen oder Absicht, das weiß keiner. Jedenfalls hat sich die Sache im Untergeschoss abgespielt. Deshalb lebt die Mutter noch, und der Pastor ist tot. Die große Frage ist, wie der Pastor danach in die Wohnung gekommen ist. Jedenfalls nicht von alleine. Spätestens da hat jemand nachgeholfen.«

»Meinen Sie? Das ist doch alles Spekulation.«

»Als Reporter habe ich einen Riecher für faule Eier.«

»Ach ja?«

»Wenn Sie das nicht überzeugt: Kellmann ermittelt auf Hochtouren. Die halbe Siedlung rückt in den nächsten Tagen bei ihm auf der Wache an. Bei der Spurensicherung war die Ausbeute eher mager. Im Keller hatte die Polin alles weggeputzt, bevor die Polizei kam – auf Anweisung Ihres dicken Kollegen übrigens! Kellmann hat getobt vor Wut. Das können Sie mir glauben!«

»Marie war da? Die Frau von Idschdi, dem Hausmeister? Die habe ich gar nicht gesehen.«

»Die hat Ihr Kollege gerufen. Da waren Sie wohl schon weg. Damit sie sauber macht. Im Treppenhaus waren auch noch Spuren von Erbrochenem zu finden, allerdings teilweise auch schon weggewischt. Die Polin schwor bei der heiligen Maria, dort hätte sie Putzeimer und Aufnehmer nicht eingesetzt. Also muss es jemand anders gewesen sein. Möglicherweise der Mörder. Wahrscheinlich der Mörder.«

»Oh«, machte ich. »Das sind ja schlimme Neuigkeiten!«

»Und Sie wussten wirklich von nichts?«

Ich schaute auf die Uhr. »Hören Sie. Ich würde gerne noch weiter mit Ihnen reden. Aber jetzt muss ich los. Mein Kollege wartet auf mich! Vielleicht können wir das Gespräch ein anderes Mal fortsetzen.«

»Wann denn? Heute Nachmittag im Pfarrhaus bei Ihnen?«

»Woher wissen Sie ...?«

Doch da war er schon verschwunden.

Als ich das Gemeindebüro betrat, sagte Kruse anstelle einer Begrüßung: »Martha, Martha, du hast viel Sorge und Mühe!«

Seit wann duzten wir uns? Und wie kam er dazu, mich mit Vornamen anzureden?

»Eins ist Not: Maria hat das gute Teil erwählt, das soll nicht von ihr genommen werden«, deklamierte er.

Jetzt erst sah ich Marie, die im Hintergrund das Regal abstaubte.

Aha. Ich hatte verstanden. Maria und Martha. Maria war die Gute, die Jesus lobte, und Martha wurde zurechtgewiesen. Kannte ich, die Geschichte. War mir oft genug auf das Butterbrot geschmiert worden. Schließlich hieß ich schon länger Martha.

Marie quittierte Kruses pathetische Ausführungen mit einem Lächeln, das nicht erkennen ließ, ob sie die Anspielung verstanden hatte. Die junge Polin – laut Aussage des Reporters nicht nur zuständig für Büroarbeiten, sondern auch für das Beseitigen von Unappetitlichem – sprach und verstand gut Deutsch. Besser als ihr Mann Idschdi.

Vage lächelte sie meinen Kollegen an. Der strahlte auf wie eine Hundertwattbirne. Maries Gesicht begann ebenfalls zu leuchten wie eine Osterglocke vor dem Frühlingshimmel. Doch ihre Freude galt nicht Kruse, sondern ihrem Mann, der soeben das Büro betreten hatte.

Wenig begeistert begrüßte Kruse den Hausmeister.

»Ist schlimm mit dem Pastor«, sagte Idschdi. »Wann ist Beerdigung?«

Kruse zuckte mit den Schultern und murmelte Unverständliches.

»Die Polizei untersucht den Tod von Hanning gerade. Die Leiche ist noch nicht freigegeben«, sagte ich automatisch.

Idschdi schaute erst mich an, dann seine Frau. Marie übersetzte ins Polnische.

»Ist noch viel mehr schlimm«, kommentierte Idschdi.

Zärtliche Blicke tauschend verließ das Paar das Gemeindebüro.

»Herr Kruse?«

Widerwillig wandte der Kollege sich mir zu.

Ich ging gleich in die Offensive: »Ich habe gerade den Reporter getroffen. Er meinte, jemand habe bei Hannings Tod nachgeholfen. Die Polizei ermittelt. Waren Sie auch schon auf der Wache?«

»Luschinski!«, brauste Kruse auf. »Dieser Schnüffler! Halten Sie sich von dem fern! Ich verbiete Ihnen, mit ihm zu sprechen! Machen Sie Ihre Arbeit, und gut ist! Alles andere geht Sie nichts an!«

»Sie haben mir nichts zu verbieten!«

»Ach was, papperlapapp! Heute Abend ist Jugendtreff«, polterte er. »Ich rechne mit Ihnen!« Die Tür fiel hinter ihm in das Schloss.

Allmählich weckte der Kollege meinen Kampfgeist.

Und meine sprichwörtliche Neugier war auch geweckt.

»Ein Küppersbusch, ganz wie früher«, stellte Schwester Käthe mit Kennerblick fest. »Aber Sie heizen nicht mit Mutterklötzchen, oder?«

»Mutterklötzchen?«

»Holzstumpen, die die Bergmänner früher aus dem Stollen mitgebracht haben. Zum Heizen für die Mutter, deshalb Mutterklötzchen.«

»Aha. Wasser kocht gleich. Kann ich Ihnen etwas anbieten, Bohnenkaffee vielleicht?«

»Lieber einen Muckefuck.«

Doch bevor ich klarstellen konnte, dass mir diese Labberbrühe von Getreidekaffeeersatz nicht ins Haus kam, klingelte es.

Wenig später kam der Reporter die Treppe herauf. »Ich dachte, ich schau mal rein!« Ohne Aufforderung betrat er die Küche.

»Schwester Käthe, Sie auch hier!«

Unten knallte eine Tür.

Luschinski bemerkte: »Ach, zofft sich der Alte mal wieder mit seiner Kaline? Dem würd ich doch glatt zutrauen, dass er den Hanning auf dem Gewissen hat. Wie lautet denn sein Alibi für Samstagnacht?«

»Samstag? Da hat er dasselbe gemacht wie offensichtlich gerade eben. Der Haussegen hing hörbar schief«, erklärte ich. »Aber Moment mal: wieso Samstag? War Hanning denn schon so lange tot?«

»Man geht davon aus! Mindestens zwölf Stunden, vielleicht auch fünfzehn, wenn die Räume die ganze Zeit über unbeheizt waren!«

»Und woher wissen Sie das?«

Luschinski zwinkerte. »Ich geb doch meine Quelle nicht preis!«

Der Wasserkessel begann zu pfeifen.

»Jetzt gibt's auch noch Kaffee«, freute sich der Reporter. »Da hab ich ja gar nicht mit gerechnet!«

Während ich das heiße Wasser in den Filter goss, sprach der Reporter die Diakonisse an. »Liebe Schwester Käthe, sicher waren Sie auch bei der Polizei und haben ausgesagt! Was haben Sie dort erzählt?«

»Die Polizei! Gott der Herr entscheidet über Leben und Tod. Er allein bestimmt, wen er ruft und wann!«

»Schön, wenn Sie das so sehen! Aber Ihnen muss doch an der Leiche einiges aufgefallen sein! An der Haut, an dem gesamten Zustand!«

Schwester Käthe schüttelte unwillig den Kopf. »Hanning war nicht gesund. Er hatte einen Herzfehler; da sieht manches anders aus.«

Es wurde kühler im Raum. Ich stand auf, öffnete die runde Ofenklappe und schaufelte Kohle nach.

»Da haben Sie aber schwer an den Kohlen zu schleppen!«, bemerkte Luschinski.

»Zum Glück nicht. Die anderen Räume werden zentral beheizt. Im Keller ist ein Heizkessel!«

Luschinski pfiff durch die Zähne. »Also eine ähnliche Anlage wie bei Hanning. Da passen Sie aber mal gut auf, wer hinter Ihnen die Kellertreppe runtergeht!«

»Jankewicz ist zuständig.«

»Dann erst recht!«

»Junger Mann! Darüber macht man keine Scherze«, sagte die Diakonisse streng.

Genüsslich schlürfte der Reporter seinen Kaffee. »Schwester Käthe, Sie kennen sich doch aus in der Siedlung«, setzte er dann erneut an. »Was halten Sie von Trudis Aussage über Hanning und die Frauen?«

»Hanning soll eine Freundin gehabt haben? Eine Geliebte? Aber nein, bestimmt nicht. Hanning war ein Ehrenmann«, beteuerte die Diakonisse. »Trudi ist und bleibt eine Klatschtante.«

»Genauer gesagt sprach sie von einer Blonden, die bei Hanning verkehrte und bei mir im Pfarrhaus wohnt. Von einer feinen Blonden«, ergänzte ich.

In Schwester Käthes rundlichem Gesicht zeigte sich der Ansatz eines Lächelns. »Frau Jankewicz hat bei Hanning geputzt und den Haushalt geführt. Sie verfügte sogar über einen Wohnungsschlüssel.«

»Interessant«, kommentierte Luschinski. »Vielleicht war sie nicht nur dem Haushalt dienlich, sondern auch dem Hausherrn?«

Schwester Käthe sah ihn strafend an. »Ich muss doch sehr bitten!«

Luschinski erhob sich. »Ich muss los. Leidige Termine. Schade. Jetzt, wo's gemütlich wird. Bis bald dann, die Damen!« Er deutete eine Verbeugung an. »Und danke für den Kaffee!«

Ich begleitete ihn zur Wohnungstür. »Herr Luschinski, eine Frage habe ich noch.«

»Worum geht's?«

»Könnte es nicht doch ein Unfall gewesen sein? Angenommen, Hanning wäre im Heizkeller erstickt. Jemand hätte ihn später gefunden und die Leiche nach oben getragen. Dann hat derjenige den Tod des Pastors nicht zu verantworten.«

»Rein theoretisch.«

»Welche Symptome hat man überhaupt bei einer Kohlenmonoxidvergiftung?«

Luschinski überlegte. »Schwindelgefühle. Atemnot.«

»Hätte er den Keller noch verlassen können?«

Diesmal zwinkerte er nicht, sondern seufzte. »Das weiß Gott allein, und für den sind ja wohl Sie zuständig.«

Er wandte sich zum Gehen. »Übrigens ist das ganz einfach«, rief er mir von der Treppe aus zu. »Wenn jemand Hanning nur die Treppe hochgeschleift hat, dann wird er sich melden.«

Die Küche war wohlig warm. Der Ofen bullerte vor sich hin.

»Wissen Sie, was mit Familie Jankewicz los ist?«, fragte ich Schwester Käthe. »Sie streiten so viel.«

»Nicht alle Ehen sind glücklich.«

»Die Frau tut mir leid! Ich würde ihr gerne helfen.«

»Kindchen«, seufzte die Diakonisse, »in eine Ehe mischt man sich nicht ein. Das geht nur die beiden etwas an.«

Ich wollte ihr widersprechen, doch da klingelte das Telefon.

»Evangelisches Pfarramt, Gerlach«, meldete ich mich.

Das Gespräch dauerte nicht lange. Als ich zurückkehrte, teilte ich Schwester Käthe mit: »Das war der Bestatter. Die Leiche ist freigegeben. Hanning wird nächste Woche beerdigt, am Montag um dreizehn Uhr.«

»Tor! Fünf-drei!«, jubelte es. »Quatsch. Du hast gedreht. Das gilt nicht!«

»Wosab vor, noch ein Tor!«, rief eine Jungenstimme. Fünf oder sechs Jugendliche hatten sich um ein Tischfußballspiel im Gemeindehaus gruppiert.

Dieses Mal hatte ich die Zeit gestoppt, die ich brauchte, um von meinem Pfarrhaus aus zum Gemeindehaus zu gelangen. Durch den Westpark benötigte ich bei weit ausholenden Schritten vierzehn Minuten. Ich ging davon aus, dass Jankewicz, falls er es gewesen war, diesen kürzesten Weg genommen hatte, um Samstagnacht von meinem Pfarrhaus zu Hannings Haus zu gelangen. Rechnete man eine Viertelstunde oder etwas mehr für das, was er im Haus getan hatte, dazu, dann wäre er insgesamt eine Dreiviertelstunde, vielleicht eine ganze Stunde fort gewesen. Ich überlegte, wann ich an dem Abend das letzte Mal etwas von der Familie unter mir gehört hatte. Um Viertel nach neun oder halb zehn? Jedenfalls kurz nachdem ich, wie jedes Wochenende um die gleiche Zeit, den Psalm aufgesagt hatte. Zu Bett gegangen war ich gegen halb elf. Kurz davor hatte ich unten noch einmal die Tür klappern hören.

Jankewicz hätte in der Zwischenzeit zu Hannings Haus gelangen können. Ich grübelte. Vielleicht war er später noch einmal losgezogen, ohne dass ich es mitbekommen hatte?

»Zehn zu acht! Gewonnen!«, rief in diesem Moment wieder dieselbe Jungenstimme. Auf der Verliererseite erkannte ich Manni Jankewicz und seinen kräftig gebauten Freund. Aus dem Lautsprecher ertönte englische Musik mit Gitarrenbegleitung.

»Ruhe!«, donnerte da plötzlich eine Stimme. »Macht die Negermusik aus!«

Kruse stand in der Tür und blickte um sich wie der Racheengel aus meinem Traum.

Ein junges Mädchen mit buntem Rock zog schnell die Nadel vom Plattenspieler. Es ratschte.

»Holt die Bibeln raus!«

Nur zögernd wandten sich die Jungen vom Tischfußball ab, doch sie gehorchten. Nach und nach ließen sie sich auf den Sitzgelegenheiten nieder: zwei Sofas, zwei Sessel und einige Stühle, die für die Mädchen übrig blieben. Ich zählte zwölf Köpfe. Zu meiner Überraschung holte Kruse eine Gitarre aus der Ecke und begann zu spielen. Er intonierte ein Lied, das ich nicht kannte, und zupfte die passenden Akkorde dazu. Die Jugendlichen stimmten ein. Es klang moderner, als ich es meinem spießigen Kollegen mit den überheblichen Sprüchen zugetraut hätte.

Schließlich standen zwei der Mädchen auf und holten Schalen mit Brot und Salzgebäck aus der Küche. Dazu gab es Saft in Gläsern und Äpfel. »Wir essen gemeinsam, als Zeichen der Verbundenheit«, erklärte Kruse. Er selbst griff einige Male zu, als die Schale mit dem Salzgebäck kreiste.

»Ist das eine Art Abendmahl?«, fragte ich erstaunt. Das kannte ich nur sonntags im Gottesdienst vor dem Altar.

»Agapemahl«, informierte mich der Kollege. »So ähnlich, aber in einer offenen Form. Das habe ich auf dem Kirchentag kennengelernt.«

Ich rieb mir die Augen. Kruse war ein Anhänger des Kirchentags?

Nach der kleinen Mahlzeit verabschiedete sich der Kollege; ich tat es ihm gleich. Kaum waren wir die wenigen Stufen zum Ausgang hinaufgestiegen, ertönte hinter uns wieder die fremdsprachige Musik. »Sehen Sie«, sagte ich zu dem Kollegen, »kaum ist die Katze weg, tanzen wieder die Mäuse!«

»Na, wenigstens warten sie, bis die Katze weg ist. Sie gehorchen mir, wie sich das gehört. Können Sie dasselbe auch von sich behaupten?«

War mir der Kollege tatsächlich für einen Augenblick sympathisch gewesen? Ich wandte mich ab.

»Schwester Gerlach!«, rief er.

»Ja?«

»Ich warne Sie. Mischen Sie sich nicht in Dinge ein, die Sie nichts angehen. Wir wollen nicht, dass jemand hier im Dreck herumwühlt!«

Wütend marschierte ich in der Dunkelheit durch den Westpark, zu wütend, um mich zu fürchten. Deshalb brauchte ich noch weniger Zeit als die vierzehn Minuten, die ich auf dem Hinweg gestoppt hatte.

»Koks!«, hörte ich eine weibliche Stimme in der Nähe meines Pfarrhauses. »Koks, komm rein!« Da saß doch wieder dieser fette schwarze Kater vor der Tür und hielt ein halbes Karnickel im Maul! Stolz wie Oskar streckte er die Beute der Besitzerin der hellen Stimme entgegen. Fräulein Kreuter streichelte das Fell des Jägers und zirpte: »Schön, Koks, brav gemacht!«

Ich erwartete, dass das Tier umdrehte und im dunklen Park verschwand. Stattdessen rieb es sich an Fräulein Kreuters Beinen und maunzte.

Ich wollte schon aufbegehren: »Das ist mein Haus. Katzen müssen draußen bleiben!«, doch in diesem Moment erblickte mich die blonde Untermieterin und sprach mich fröhlich an: »Fräulein Gerlach, einen schönen guten Abend!«

»Guten Abend«, grüßte ich förmlich zurück.

»Ich würde Sie gern zu meiner Geburtstagsfeier einladen, wenn Sie am Samstag noch nichts vorhaben«, fuhr sie fort.

Ich nickte und bedankte mich. Dann sah ich zu, wie der schwarze Kater hinter der Blonden im Flur verschwand. Als hätte ich nicht schon genug Ärger am Hals mit dieser Familie: Sie mussten mir auch noch ein Tier ins Haus bringen!

SECHS

»Verehrteste!« Bruno deutete einen Handkuss an, während ich mich bemühte, seinen strengen Geruch zu ignorieren. »Könnte ein Tag schöner beginnen als mit Ihrem Anblick?«

Turnusgemäß hatte der Tippelbruder, der mir von allen am liebsten war, heute Morgen wieder einmal Einlass begehrt: ein Mann unbestimmbaren Alters mit zotteligen Haaren, gepflegten Manieren und einem Hang zur Theatralik. Kaum hatte ich nach dem Türklingeln mein obligatorisches »Ja, bitte?« aus dem Klofenster gerufen, erkannte ich seine knarzende Stimme.

Bruno war ein kreativer Tippelbruder. Für die eine Mark, die er von mir erhielt, tischte er mir jedes Mal eine andere Geschichte auf. Einmal waren ihm in der Herberge die letzten Socken vom Leib gestohlen worden, ein andermal hatte er einem Kameraden Geld geliehen. Oder es fehlte am Porto für eine Karte zum Geburtstag seines einzigen Bruders. »Sein fünfzigster, Gnädigste, und wenn ich schon nicht persönlich erscheinen kann …« Wen interessierte es da schon, ob die Geschichten erfunden waren. Bemerkenswert, dass er niemals dieselbe zweimal erzählte. Fast schien es so, als führte er Buch.

Ich schenkte Bruno eine Tasse frisch aufgebrühten Kaffees ein und legte eine Brotscheibe mit Margarine daneben. Bruno wärmte sich am Ofen und griff dann zu. Er hielt den Kopf schief, so als überlegte er, welche Begebenheit er in meiner Küche noch nicht zu Gehör gebracht hatte.

»Verehrteste«, hob er wieder an, nachdem er sich gestärkt hatte. Beim Trinken schlürfte er nicht einmal. »Sie wirken heute so – wie soll ich es ausdrücken – bewölkt um die Stirn.«

Ich zuckte die Achseln.

»Darf ich Ihnen aus der Hand lesen?«

»Nein danke. Ich glaube nicht an Wahrsagerei.«

»Bedauerlich. Gerne wäre ich Ihnen zu Diensten. Doch ich befinde mich zurzeit in einer – sagen wir – finanziell angespannten Situation und hoffe auf Ihre Hilfe.«

Ich seufzte, um den Schein zu wahren: »Viele klopfen an meine Tür!«

»Gnädigste, auch der kleinste Betrag hilft!«

Ich durchquerte den Flur und holte aus der dafür vorgesehenen Schatulle in meinem Amtszimmer eine Münze.

Bruno nahm die Mark mit einer formvollendeten Verbeugung entgegen. »Meinen allerherzlichsten Dank, gnädiges Fräulein!« Er wandte sich ab. Bevor er die Wohnung verließ, drehte er sich noch einmal um.

»Sie befinden sich in einer schwierigen Situation«, stellte er fest. »Das Unheil ist nahe bei Ihnen. Geben Sie gut auf sich acht!«

Als ich eine halbe Stunde später ebenfalls das Haus verließ, lief mir Frau Jankewicz über den Weg. Sie versuchte, ihr blaues Auge zu verbergen. »Im Bad ausgerutscht«, murmelte sie. Manni stob hinterdrein, einen Ball vor sich her dribbelnd. Er grüßte kurz und lief dann in Richtung Westpark. Das schwarze Katzenvieh ließ sich nicht blicken.

»Frau – Pastor?«, fragte der Mittvierziger im eleganten schwarzen Anzug unsicher. Offensichtlich hatte er einen Mann erwartet. »Gestatten, Hanning mein Name.« Der Bruder sah dem verstorbenen Pfarrer verblüffend ähnlich. Allerdings wirkte er kräftiger, und die weißen Haare ließen darauf schließen, dass er der Ältere war.

»Mein herzliches Beileid. Auch Ihnen, gnädige Frau«, wandte ich mich an die in ein dunkles Kostüm gekleidete schlanke Brünette an seiner Seite.

Der Mann räusperte sich. »Ja nun, das kam alles sehr überraschend. Meine Frau und ich sind gestern Abend aus Stuttgart angereist. Und Sie werden nun meinen Bruder beerdigen.«

»Ja. Es wäre schön, wenn Sie mir einiges über ihn erzählen könnten.«

In diesem Moment öffnete sich die Tür, und die alte Frau Hanning betrat das Zimmer. Hinter ihr erschien Schwester Tabea.

Die alte Frau steuerte auf mich zu, ohne ihren Sohn zur Kenntnis zu nehmen. »Mein Mann kommt bald wieder!«, behauptete sie. »Jetzt dauert es nicht mehr lang!« Anders als vor einigen Tagen war sie ordentlich frisiert und gekleidet.

»Darf ich Ihnen einen Kaffee anbieten?«, fragte mich Schwester Tabea.

»Das wäre schön«, erwiderte ich. Dann wandte ich mich an Hanning: »Ist Ihr Herr Vater denn nicht bereits tot?«

»Vor einigen Monaten gestorben. Allerdings lebten meine Eltern schon lange getrennt. Im Krieg haben sie sich auseinandergelebt. Mein Vater hat sich in Süddeutschland niedergelassen, in Tübingen. Dort war er an der Universität beschäftigt.«

»Also waren Ihre Eltern geschieden?«, erkundigte ich mich.

»Mein Vater hätte sich scheiden lassen, doch meine Mutter war damit nicht einverstanden. Als der Ruf an die Universität Tübingen kam, verließ er das Ruhrgebiet. Meine Mutter blieb in Dortmund. Über meinen jetzt verstorbenen Bruder kann ich Ihnen deshalb leider nur wenig erzählen. Wir standen uns nicht sehr nahe.«

»Aber vielleicht haben Sie Erinnerungen an früher?«

»Früher war mein Bruder ein aufgeschlossener, fröhlicher Mensch. In unserer Familie wurde viel gelacht. Doch dann kam der Krieg. Seit Hans als Flakhelfer gedient hatte, war er nicht mehr derselbe ...«

»Inwiefern?«

»Er wirkte still und in sich gekehrt. Fast schon grüblerisch. Er wurde sehr gläubig und hat dann ja auch Theologie studiert.«

Ich nickte.

»Wäre er katholisch gewesen, hätte es ihn wohl in ein Kloster verschlagen. So wurde er Pastor.«

»Mein Sohn ist Pastor. Jeden Sonntag predigt er in der Kirche«, nahm die alte Frau Hanning das Stichwort auf.

Ich wandte mich ihr zu. »Frau Hanning, Sie wissen, was mit Ihrem Sohn passiert ist?«

Auf ihrem Gesicht zeigte sich jäh die Erkenntnis. »Er ist tot«, murmelte sie, und ich meinte, einen Anflug von Trauer in ihrer Stimme zu hören.

»Wissen Sie, wie es passiert ist?«, nutzte ich die Gunst der Stunde.

»Sie sind gekommen und haben ihn abgeholt.«

»Und vorher? Was war vorher? Waren Sie bei ihm?«

Sie schaute zu Boden und schwieg.

»Frau Hanning? Können Sie sich erinnern, was mit Ihrem Sohn passiert ist?«

»Mein Sohn ist Pastor. Jeden Sonntag predigt er in der Kirche«, wiederholte die alte Dame, und an ihrem abwesenden Blick konnte ich erkennen, dass sie wieder in das Reich des gnädigen Vergessens zurückgekehrt war.

»Ja, Mutter«, sagte Herr Hanning mit übertrieben geduldiger Stimme und tätschelte ihren Oberarm. »Dein Sohn ist Pastor. Du kannst stolz auf ihn sein.«

»Ich habe übrigens einen weiteren Bruder«, fuhr er fort. »Er kam unehelich zur Welt. Seine Mutter war die Gefährtin meines Vaters. Sie pflegte ihn bis zu seinem Tod. Die beiden lebten weit über zwanzig Jahre zusammen.«

»Ach ja?«

»Meiner Mutter habe ich ihre starrsinnige Haltung nicht verziehen. Sie hätte meinen Vater freigeben müssen. Dann wäre mein Halbbruder in einer legalen Verbindung aufgewachsen.«

Ich nahm mein Gegenüber in Augenschein: korrekter Scheitel, gerade sitzende Krawatte. Dann blickte ich in meine Unterlagen. »Sie sind Jurist?«, vergewisserte ich mich.

Hanning nickte. »Ich arbeite am Landgericht. Mein Bruder sah die Angelegenheit mit unseren Eltern übrigens anders. Er fand, die Ehe sei unauflöslich und hat meiner Mutter den Rücken gestärkt. Aber so musste er wohl denken, als Pastor.«

»Vielleicht hat er deshalb nie geheiratet!«, rutschte es mir heraus. »Wegen seiner hohen moralischen Ansprüche.«

»Möglich.«

In diesem Moment betrat Schwester Tabea den Raum, in der Hand ein Tablett mit einer Kaffeekanne und vier Tassen. Sie stellte das Tablett ab und sagte: »Der war mit seiner Gemeinde verheiratet.«

Auf dem Heimweg betrat ich die Trinkhalle in der Sudermannstraße. »Trudi?«, rief ich in den Verkaufsraum hinein.

»Ja. Fräulein Pastor?«

»Pastor Hanning hat am Abend vor seinem Tod bei Ihnen Bier geholt. Haben Sie gesagt. Wissen Sie, wie spät es da war?«

»Ach Gottchen. Ich schau doch nicht auf die Uhr.«

»Überlegen Sie. Vielleicht sind Sie die Letzte, die ihn lebend gesehen hat!«

»Also, Hanning kaufte drei Bier, wie immer. Zwei trank er anne Bude, das andere nahm er mit. Konnte ja nich so lang bleiben, wegen der Mutter.«

»Um welche Zeit?«, beharrte ich.

»Vielleicht gegen zehn. Vielleicht auch später. War viel los anne Bude.«

»Wann schließen Sie?«

»Unter der Woche um zehn. Freitags erst inne Nacht. Da kommen sie mit ihren Lohntüten. Samstags je nachdem.«

»Und letzten Samstag?«

Trudi verdrehte genervt die Augen. »Wozu wollen Sie das alles wissen, Fräulein Pastor? Sie fragen ja schon wie die Polizei.«

»War Jankewicz am Samstag auch bei Ihnen?«, insistierte ich.

»Jankewicz?«

»Der bei mir im Pfarrhaus wohnt! Der Kräftige, Untersetzte.«

»Ach, der. Jetzt, wo Sie's sagen: Der kam später. Hat sogar noch mit'm Pastor geredet.«

»Mit Hanning?«

»Mit dem, der jetzt tot ist. Hab ich der Polizei aber alles schon erzählt.«

Die Neugier trieb mich zur nächsten Frage. Ich wollte wissen, was in der Siedlung vor sich ging und ob ich mit einem Mörder unter einem Dach lebte. »Haben die beiden sich gestritten?«

Bevor Trudi antworten konnte, betraten zwei Kinder die Bude und suchten sich umständlich Lutscher und Lakritz für zwei Groschen aus. Endlich, nach vielleicht zehn Minuten, zogen die beiden wieder ab.

»Fräulein Pastor.« Trudi schob den Deckel auf das Glas mit den Süßigkeiten. »Ich kann Ihnen nicht weiterhelfen. Irgendwann waren die Männer halt weg. Mir ist das egal.«

Ich ließ mich nicht abwimmeln. »Was Sie über Hanning und die Frauen erzählt haben, sind das nur Gerüchte?«

»Je nun. Ein Pastor ist auch nur ein Mensch, sag ich immer. Er hat halt abends öfter mal einen gehoben. Und das kann mir auch keiner erzählen, dass er die Frauen nur angeschaut hat.«

»Das denken Sie. Aber was *wissen* Sie tatsächlich?«

»Also, als er mal einen intus hatte, da meinte er zu einem Kumpel, da gäb's eine, die würd er glatt heiraten.«

»Er *würde* heiraten? Was sprach dagegen? Hanning war ledig.«

Trudi grinste. »Ja, aber sie vielleicht nich – kommt ja in den besten Familien vor, so was …«

SIEBEN

»Ich will 'n Cowboy als Mann!«, schallte es durch den Flur. Die Musik lenkte mich von meiner Beerdigungsansprache ab.

»Ein großer Verlust«, schrieb ich. »Pastor Hanning war ein guter Seelsorger. Er hat leidenschaftlich gerne gepredigt. Er hat die Frauenhilfe geleitet. Er war beliebt in der Gemeinde ...«

... und bei den Frauen, dachte ich. Das konnte ich wohl kaum schreiben. Seufzend schraubte ich die Kappe auf meinen Füllfederhalter. Was sollte ich predigen bei Hannings Beisetzung? Die Mutter, die mit ihm zusammengelebt hatte, war nicht auskunftsfähig. Der Bruder konnte oder wollte nicht viel erzählen. Der Stiefbruder war nicht aufgetaucht. Und dann schwebte noch über allem der Verdacht auf einen Mord.

Von allen Verdächtigen schien mir Jankewicz der wahrscheinlichste. Hatte seine Frau wirklich eine heimliche Affäre mit meinem Kollegen gehabt? Mein Untermieter machte nicht den Eindruck, als würde er in solch einem Fall lange fackeln. Die Gelegenheit zur Rache hätte er gehabt. Wenn Jankewicz in jener Nacht Hanning von der Trinkhalle aus gefolgt war, hätte er in das Haus eindringen können. Andererseits wäre es einfacher gewesen, gleich den Schlüssel seiner Frau zu nehmen.

Was war Jankewicz für ein Mensch?

Helmut hieß er, so viel wusste ich. Ein Bergmann. Ich stellte mir kohlebestaubte Männer mit Grubenlampen unter Tage vor, die sich gegenseitig »Glückauf« zuriefen und sich blind aufeinander verließen. Eine Welt, in der Männer unter sich waren, in der Maschinen lärmten, dass man sein eigenes Wort nicht verstand. Eine Welt der knappen Gesten und der schlichten Worte.

Verloren die Bergmänner da unten in der Dunkelheit die Fähigkeit, Gedanken und Gefühle in Sprache umzusetzen? Oder hatten sie diese nie besessen? Jedenfalls lebten sie in der einen Welt und die Frauen in einer anderen – in der Küche, am Herd und an der Spüle.

War mein Kollege Hanning einfach ein Mensch gewesen, der Frau Jankewicz zugehört hatte? Als Seelsorger, als Freund? Folgten den Gesprächen Berührungen, bis irgendwann die Grenze überschritten wurde? War Jankewicz überhaupt sensibel genug, um den Seitensprung zu bemerken? Hätte es ihm etwas ausgemacht?

Meine Gedanken drehten sich im Kreis. Was ging mich das eigentlich alles an, ich sollte den Mann doch nur würdevoll unter die Erde bringen. Und immer noch fehlte mir die zündende Idee für die Predigt.

»Ich will 'n Cowboy als Mann! Dabei kommt's mir gar nicht auf das Schießen an …«, schallte es in diesem Moment wieder von unten herauf.

»Ruhe!«, brüllte ich.

Dann fiel es mir wieder ein. Fräulein Kreuter feierte an diesem Abend Geburtstag, und ich war eingeladen. Vielleicht würde ich auf der Party mehr über den Verstorbenen herausfinden?

Mit einer Packung Schnapsbohnen machte ich mich auf den Weg.

»Mach doch mal leiser!«, rief eine Stimme im Inneren der Wohnung. Es ratschte, als die Nadel über den Plattenspieler gezogen wurde. Abrupt verstummte die Musik.

Ich beglückwünschte Fräulein Kreuter zur Wiederkehr ihres Wiegenfestes und betrat das Wohnzimmer. Stehlampen mit bedruckten Schirmen leuchteten in den Ecken des Raums. Es war so schummerig, dass die abgetretenen Stellen auf dem Teppich und die verblichenen Tapeten an den Wänden nicht weiter auffielen.

Den Resopaltisch zierten Pampelmusenhälften, die mit Käsewürfeln, Cocktailkirschen und Weintrauben gespickt waren. Käseigel, der letzte Schrei. Diese hier wirkten bereits ziemlich gerupft.

Auf dem Sofa erkannte ich Kaminski, ins Gespräch mit einer jungen Frau vertieft. Vis-à-vis lümmelte ein junger Mann in einem Sessel, eine Zigarette in der Hand. Auf seiner Armlehne balancierte ein Mädchen mit langen, glatten Haaren.

Fräulein Kreuter besann sich auf ihre Pflichten als Gastgeberin und stellte mir ihre brünette Kollegin vor, eine Frau namens Inge, die neben ihrem Verlobten Horst auf einem Zweiersofa saß. »Wohnen Sie auch in der Siedlung?«, wollte ich wissen. Inge verneinte. Während ich noch nach einem weiteren Gesprächsthema suchte, setzte die Langhaarige den Plattenspieler wieder in Gang. »Mit siebzehn, da hat man noch Träume«, sang eine Frau mit amerikanischem Akzent. »Peggy March«, rief Inge neben mir, dann wandte sie sich ihrem Verlobten zu.

So saß ich am Couchtisch und blickte an Kaminski vorbei auf die grüngelb tapezierte Wand gegenüber. Die Gastgeberin befasste sich mittlerweile mit einem schlaksigen jungen Mann, der dem Aussehen nach auf keinen Fall ihr spanischer Freund sein konnte.

Ich überlegte, wann ich mich verabschieden konnte, ohne unhöflich zu wirken, als mich eine wohlbekannte Stimme von der Seite ansprach.

»Darf ich bitten?«, fragte Kaminski.

Die Käseigel waren zwischenzeitlich verschwunden, und man hatte den Resopaltisch an die Seite gerückt, um eine kleine Tanzfläche zu schaffen. Zwei Paare drehten sich im Rhythmus der Musik.

»Foxtrott«, erklärte Kaminski. Ich erinnerte mich an meine Tanzstunden vor einigen Jahren und hoffte, dem sympathischen Lehrer nicht auf die Füße zu treten. Doch er führte gut, und so blieb es nicht bei dem einen Tanz. Wir waren beide ungefähr gleich groß. Nun, da er seinen Hut nicht trug, fiel mir auf, dass er helle dichte Haare hatte.

Als er mich später zur Couch geleitete, auf der jetzt die Langhaarige Platz genommen hatte, bemerkte ich: »Eigentlich mag ich lieber klassische Musik.«

Seine Augen leuchteten auf. »Mozart!«, erwiderte er. »Es geht doch nichts über die kleine Nachtmusik von Mozart!«

»Von Mozart mag ich am liebsten das Requiem«, sagte ich. Schlagartig war es mit meiner guten Laune vorbei. Was war ein Requiem schließlich anderes als ein Totengesang? Hatte ich wirklich für einen Moment vergessen, dass ich in zwei Tagen einen Kollegen beerdigen musste? Und die Ansprache noch nicht geschrieben hatte? Jetzt fiel es mir wieder ein und verdarb mir die Partystimmung.

»Schade«, sagte Kaminski. »Sie schauen schon wieder so ernst drein. Gerade waren Sie noch fröhlich!«

»Entschuldigung!«

»Aber das macht doch nichts. Fräulein Gerlach?«

»Ja?«

»Darf ich Sie morgen Nachmittag abholen und auf eine Tasse Kaffee einladen?«

Verblüfft sah ich ihn an.

»Es gibt einen bestimmten Grund dafür«, sagte er verlegen. »Glauben Sie mir, ich kann das erklären.«

»Meinetwegen gerne«, stimmte ich zu. Dann erhob ich mich und bahnte mir einen Weg durch den Raum. Die Toilette musste ich nicht suchen, sie war an der gleichen Stelle wie bei mir oben.

Auf dem Rückweg zum Wohnzimmer sah ich, dass die Küchentür offen stand. Frau Jankewicz stand an der Spüle und wusch einen Teil des Partygeschirrs ab.

»Darf ich reinkommen?«

»Bitte!« Sie drehte sich nicht um.

Ich nahm mir ohne zu fragen ein Geschirrtuch. Eine Weile arbeiteten wir im selben Rhythmus: Sie spülte Gläser und Teller, ich nahm sie vom Abtropfbrett und trocknete sie ab.

»Ich habe Sie bei der Party vermisst. Schließlich ist es die Geburtstagsfeier Ihrer Tochter«, eröffnete ich schließlich das Gespräch.

Sie wandte sich mir zu. Das Veilchen am Auge war noch sichtbar, wenn auch verblasst. »Das ist eine Feier für junge Leute. Da störe ich nur.«

»Wie lange haben Sie eigentlich bei Hanning geputzt?«

Sie versuchte, mit einer Bürste einen Weinrest aus einem Glas zu entfernen. »Ich habe nicht nur geputzt. Ich habe auch seine Mutter versorgt und für beide gekocht.«

»Dann ist es ja umso bedauerlicher, dass Sie die Stelle jetzt nicht mehr haben.«

Sie nickte.

»Frau Jankewicz, ich halte die Beerdigungsansprache für den Pastor. Wie Sie wissen, bin ich noch nicht lange in der Gemeinde. Können Sie mir ein wenig mehr über ihn erzählen? Das würde mir sehr helfen.«

Sie zögerte. Weitere Teller stapelten sich auf dem Abtropfbrett, bevor sie sich zu einer Antwort durchrang.

»Ich kann nur Gutes über ihn erzählen«, sagte sie mit leiser Stimme. »Er war sehr verständnisvoll. Alle mochten ihn.«

»Wie lange haben Sie ihm den Haushalt geführt?«

»Ungefähr ein Jahr lang.«

»Und davor?«

»Davor hat sich die Lena gekümmert.«

»Die Rote!«, entfuhr es mir. Die Tochter von Presbyter Rabenau, ein junges Mädchen mit feuerroter Mähne. Rabenau hatte außerdem noch einen Sohn, Detlef, der in diesem Jahr konfirmiert wurde.

»Wie alt ist die Lena jetzt?«, frage ich.

»Etwas jünger als meine Tochter. Anfang zwanzig vielleicht.«

»Sie studiert«, erinnerte ich mich.

Frau Jankewicz nickte. Wir arbeiteten schweigend weiter.

»Können Sie mir nicht noch mehr über Pastor Hanning erzählen?«

»Sie glauben doch nicht etwa, was die Leute so reden?« Frau Jankewicz' Stimme war jetzt so leise, dass ich sie kaum verstehen konnte.

»Über Hanning und die Frauen?«

Sie schwieg.

Ich ging in die Offensive. »Über Hanning und Sie?«

Bevor sie antworten konnte, drehte sich ein Schlüssel in der Wohnungstür. Frau Jankewicz zuckte zusammen, und das Besteck, das sie in der Hand hielt, fiel klirrend in die Spüle.

Kurz darauf stand ihr Mann in der Tür, breit, massig und mit einer Alkoholfahne. »Sind die etwa noch da?«, fragte er mürrisch. »Schmeiß sie raus. Ich will meine Ruhe haben.«

Seine Frau zog den Kopf zwischen die Schultern. »Sie brechen sofort auf«, versicherte sie. Manni erschien im Flur, seinen Freund im Schlepptau.

Kurz darauf verabschiedeten sich die Gäste. Fräulein Kreuter geleitete sie zur Haustür. Als sie zurückkam, wirkte sie entgegen ihrer sonstigen fröhlichen Art bedrückt. Hinter ihr drein schlich der schwarze Kater, rieb sich an ihren nylonbestrumpften Beinen, und sie streichelte ihn, als wäre er ihr einziger Trost.

Jankewicz herrschte seine Frau an: »Mach mir was zu essen!«

»Sofort, Helmut …«

Als ich an ihm vorbeiging, blies er mir seinen Bieratem in das Gesicht. Nicht nur davon war mir übel.

Manni verschwand an mir vorbei durch die Haustür in Richtung Westpark.

Ich lief ihm nach.

»Hallo, Manni«, sagte ich, als ich ihn eingeholt hatte, und tippte ihm auf die Schulter. Er war in letzter Zeit gewachsen und überragte mich bereits.

Er schniefte. »Bin erkältet«, murmelte er, doch ich sah, dass er geweint hatte. Ein scheuer Blick streifte mich.

Dann stieß er verzweifelt hervor: »Ich will weg! Weit weg von hier. Ich hab mich erkundigt, ich werde auf See anheuern. Dann sehen die mich hier so schnell nicht wieder.«

»Aber du bist erst fünfzehn, oder? Noch lange nicht volljährig.«

»Noch sechs Jahre. So lange muss ich's hier noch aushalten. Jetzt soll ich beim Rabenau in die Lehre. Als Dachdecker. So ein blöder Beruf!«

Das klang so kindlich, dass ich versucht war, ihm den Arm zu tätscheln.

»Schlimm, wenn es zu Hause auch nicht klappt, weil die Eltern sich nicht verstehen«, sagte ich verständnisvoll.

»Ach, wenn's nur das wäre …!«

»Was denn noch? Er schlägt sie, oder?«

Manni antwortete nicht.

»Dich auch?«

Wieder keine Antwort.

Manni lief weiter, in den Park hinein.

In meinem Amtszimmer nahm ich wie jeden Samstagabend die Bibel zur Hand. Erst rezitierte ich den Psalm vierundachtzig. »Wie lieblich sind deine Wohnungen …« Dann begann ich zu blättern.

Dabei fiel mir ein anderer Psalm auf. »Errette mich, Herr, von den bösen Menschen; behüte mich vor den Gewalttätigen, die Böses planen in ihrem Herzen …«

Voller Inbrunst sprach ich die Verse. »Er möge feurige Kohlen über sie schütten; er möge sie stürzen in Gruben, dass sie nicht mehr aufstehen!«, rief ich in den nächtlichen Park hinaus und stellte mir bildlich vor, wie Jankewicz im Schacht unter Kohlenstücken begraben wurde. Es passierten so viele Unfälle unter Tage. Warum sollte es nicht auch mal den Richtigen treffen? Bevor man seine Zeche schloss und er den ganzen Tag über Zeit hatte, seine Familie zu schikanieren.

»Allmächtiger, steh ihnen bei«, betete ich.

ACHT

»Rosi«, sagte ich atemlos zu meiner Freundin am Telefon, »da lag ein Brief auf der Matte!« In der Hand hielt ich ein Kuvert ohne Absender, adressiert an Fräulein Gerlach. Auf dem Briefbogen stand mit Schreibmaschine geschrieben: »Misch dich nicht ein, sonst passiert noch ein Unglück!« Das Blatt war nicht unterzeichnet.

Schaudernd dachte ich an die Prophezeiung von Bruno, dem Obdachlosen. Hatte er nicht Unheil vorausgesagt?

Rosi atmete hörbar aus. »Das ist eindeutig ein Drohbrief und damit strafbar. Wann hast du ihn gefunden?«

»Als ich nach dem Gottesdienst nach Hause kam.«

»Lag er vor der Wohnungstür?«

»Ja.«

»Dann muss derjenige Zugang zum Haus haben!« Durch den Hörer vernahm ich Streichmusik im Hintergrund. Bach, die Brandenburgischen Konzerte. Meine Lieblingsplatte. Doch das half jetzt auch nicht. »Jankewicz vielleicht?«

»Ach, Rosi«, stöhnte ich. »Hier geht es zu wie im Taubenschlag. Die Haustür ist nicht immer abgeschlossen. Jeder kann rein. Und Jankewicz hab ich erst vor ein paar Minuten im Morgenmantel gesehen, der hat seinen Rausch ausgeschlafen und war's wahrscheinlich nicht.«

»Der Briefschreiber muss den Zeitpunkt abgepasst haben, als du auf der Kanzel standest. Er wusste also, dass du heute Gottesdienst hältst.«

»Ich kann bei den Jankewicz' fragen, ob sie was gehört oder gesehen haben.«

»Martha, untersteh dich. Nach allem, was wir über den Mann wissen! Hat vielleicht den Kollegen auf dem Gewissen und schlägt seine Frau!«

»Ich wollte eigentlich *sie* fragen.«

»Lass das mal bleiben. Sie sind alle verdächtig. Schreib lieber auf, wer nicht im Gottesdienst war.«

»Oh. Das waren viele. Jankewicz, Fräulein Kreuter, Pastor Kruse, Presbyter Rabenau …«

»Anders gefragt: Wer *war* denn da?«

»Viele Konfirmanden. Ein Presbyter, dessen Name mir gerade nicht einfällt. Idschdi und Marie …«

»Also waren die es schon mal nicht. Martha, ich mache mir Sorgen um dich. Lebst vielleicht mit einem Mörder im Haus, bekommst anonyme Briefe. Versprich mir, dass du zur Polizei gehst! Gleich morgen früh!«

»Ja, ja«, sagte ich und kreuzte die Finger hinter dem Rücken. Auf keinen Fall würde ich mich noch einmal freiwillig in Kellmanns Räucherhöhle begeben. Ich hatte eine andere Idee. Doch die wollte ich Rosi nicht auf die Nase binden.

»Mir ist bange«, gestand ich. »Schrecklich bange.«

»Ein Männlein steht im Walde …«, sang eine Kinderstimme recht falsch.

»Kinder sollte man sehen, nicht hören!«, bemerkte Kaminski mit strengem Blick auf eine Familie am Fenstertisch. Ihre beiden Jungen hatte die Mutter in Matrosenanzüge gesteckt, das Mädchen trug ein Häkelkleid. Der Lehrer hatte für uns beide einen der letzten Tische im Café ergattert.

Ich musste lachen. »Das ist doch Blecky, der Papagei!« Blecky saß in seinem Käfig hinter dem Schild »Nicht füttern«, plusterte die Federn und blickte in die Welt, als könnte er kein Wässerchen trüben.

Kaminskis Gesicht hellte sich auf. Dann wurde seine Miene wieder ernst. »Fräulein Gerlach, ich habe Sie aus einem bestimmten Grund um dieses Treffen gebeten.«

Er neigte seinen Kopf in meine Richtung, doch bevor er sein Anliegen vorbringen konnte, kam eine Kellnerin im schwarzen Kleid mit weißer Rüschenschürze. »Was darf ich bringen?«

»Zwei Kännchen Kaffee, bitte.«

»Kuchen bestellen Sie bitte vorne!«

Auf dem appetitlich angerichteten Kuchenbüfett stand Buttercremetorte neben Schwarzwälder Kirsch und Käsesahne.

»Das ist alles nicht gut für die Figur!«, seufzte ich, ganz Frau, und bedachte die Wirtschaftswunderwampe des Kunden vor uns mit einem verächtlichen Blick.

»Sie können es sich doch leisten, Fräulein Gerlach!«, versicherte Kaminski.

Wieder am Tisch beugte der Lehrer sich zu mir.

»Pastor Hanning war mein Bruder«, erklärte er ohne Umschweife. »Mein Stiefbruder. Wir haben denselben Vater, doch ich stamme aus einer späteren Verbindung. Einer nicht legalisierten.«

Ich nickte. »Ihr anderer Bruder sprach davon. Der Jurist aus Stuttgart.«

»Mit ihm hatten Sie das Trauergespräch, nicht wahr?«

»Er hat von einem Stiefbruder gesprochen. Allerdings ohne zu erwähnen, dass es sich um Sie handelt. Dann sind Sie doch ein enger Verwandter des Verstorbenen! Also hätten Sie bei dem Beerdigungsgespräch dabei sein sollen.«

»Ich hatte erst ganz zum Schluss Kontakt zu Hans. Karl war darüber nicht informiert.«

Der Vorname meines ehemaligen Kollegen – Hans – klang ungewohnt in meinen Ohren.

»Wusste – Hans – denn um Ihre Verwandtschaft?«

Kaminski nickte, und sein schnurgerader Mittelscheitel glänzte im Lampenlicht. »Allerdings noch nicht lange. Vor ein paar Wochen habe ich ihn aufgesucht. Bei diesem Anlass erklärte ich ihm, dass ich sein Bruder bin. Er war sehr überrascht.«

»Wusste er nichts von Ihrer Existenz?«

»Er vermutete mich in einer anderen Stadt.«

»Haben Sie wegen Ihres Bruders die Stelle in Dortmund angenommen?«

»Ich habe bereits hier studiert«, sagte er leise. »An der Pädagogischen Hochschule. Dann wurde die Stelle an der Schule frei ...«

»Ausgerechnet in der Kirchengemeinde Ihres Bruders?«

Die Kellnerin brachte Kaffee und die Tortenstücke. Kaminski wartete, bis sie sich wieder entfernt hatte.

»Mein Gespräch mit Hans verlief leider nicht harmonisch.«

Ich pickte mit der Gabel ein Stück Banane von dem Obstkuchen, für den ich mich entschieden hatte. »Wann haben Sie miteinander geredet?«

»Kurz vor Ostern.«

»Und warum haben Sie sich erst so spät dazu entschlossen?«

Kaminski rührte verlegen mit dem Löffel in seiner Tasse. »Können Sie sich vorstellen, wie das ist, als Bastard bezeichnet zu werden? Wenn Sie aus einem intakten Elternhaus kommen, können Sie froh sein.«

Nun war es an mir, in der Tasse zu rühren.

»Ich wollte gerne, dass er mich anerkennt. Vielleicht sogar öffentlich. Ich meine, so etwas ist doch heutzutage keine Schande mehr. Viele Ehen halten nicht.«

»Eine sehr moderne Einstellung. Ihr Stiefbruder sah das anders, nehme ich an.«

Kaminski senkte den Blick. »Er wollte sich nicht zu mir bekennen. Jedenfalls jetzt noch nicht. Darum ging es bei unserem Streit. Er sagte, vielleicht später, wenn alles geklärt sei.«

»Was denn geklärt?«, fragte ich erstaunt.

»Bei ihm bahne sich eine Veränderung an, meinte er. Vielleicht werde er die Gemeinde verlassen. Er wollte mir jedoch nicht sagen, warum!«

Beinahe hätte ich mich an der Banane verschluckt. »Dann stimmt es also doch!«

»Was denn, Fräulein Gerlach?« Kaminski schob den Kuchenteller von sich. Ihm war offensichtlich der Appetit vergangen.

»Dass er ein Verhältnis hatte und es legalisieren wollte.«

»Und deswegen wollte er die Gemeinde verlassen?«

Ich schenkte Kaffee aus dem Kännchen nach. »Gerüchteweise hörte ich, die Frau sei verheiratet.«

»Fräulein Gerlach! *De mortuis nihil nisi bene!*«, rief der Lehrer.

»Über die Toten nichts als Gutes«, übersetzte ich. »Ihr Stiefbruder muss also doch seine Einstellung zur Ehe geändert haben. Doch nun zu Ihrem Fall. Es wäre besser, wenn Sie die Polizei informieren, bevor man Sie verdächtigt.«

Der Lehrer blickte auf die Tischdecke. »Also stimmt es, was

man sagt? Mein Bruder ist nicht an einem Unfall gestorben. Jemand hat nachgeholfen?«

Ich zuckte mit den Schultern. »Vielleicht wollte dieser Jemand nicht, dass Ihr Stiefbruder die Gemeinde verlässt? Dass er mit einer verheirateten Frau verbunden ist …«

Dann fiel es mir siedend heiß ein. Kaminski war heute Morgen ebenfalls nicht im Gottesdienst gewesen. Und als Lehrer besaß er bestimmt eine Schreibmaschine. Aber warum hatte er mir dann von dem Konflikt erzählt? Und welches Motiv hätte er, seinen Bruder umzubringen? Ein Streit reichte kaum aus. Außerdem war es unlogisch. Kaminski wollte ja, dass Hanning sich zu ihm bekannte. Das war nun nicht mehr möglich.

»Sie stehen doch unter Schweigepflicht, Fräulein Gerlach? Ich hätte ungern, dass meine Familienverhältnisse öffentlich werden. Nach dem Tod meines Bruders ist das nicht mehr nötig, finde ich.«

»Warum haben Sie mir dann überhaupt davon erzählt?«

»Ich musste mit jemand darüber reden«, versicherte er ernsthaft. »Zu Ihnen habe ich Vertrauen, Fräulein Gerlach.«

Er gab der Kellnerin das Zeichen für die Rechnung.

»Ein Männlein steht im Walde«, krächzte Blecky noch schräger als zuvor.

Draußen regnete es Bindfäden.

»Sieht mir nach einem modernen Modell aus«, erklärte Luschinski und drehte den anonymen Brief in seinen Händen. »Könnte mit einer IBM-Kugelkopf-Maschine geschrieben worden sein!«

Über Nacht hatten sich die Wolken verzogen, und die Sonne war herausgekommen. Ich hatte Luschinski telefonisch in der Redaktion erreicht. Wenig später trafen wir uns in der Schrebergartenanlage Tremonia.

»Hübsch, die kleinen Gärten mit den Lauben«, sagte ich.

»Waren Sie noch nie hier?«

Ich schüttelte den Kopf.

»Ist gar nicht so weit von Ihrem Haus entfernt. Wenn Sie mal woanders spazieren gehen wollen als im Westpark. Weiter nördlich ist übrigens das Tremoniagelände. Recht verwildert, ganz romantisch. Da haben wir früher unsere Mädchen hingeführt. Dort gibt es noch Reste der alten Eisenbahnschienen und sogar noch einen Bunker aus dem Zweiten Weltkrieg.« Er blieb vor einer Bank stehen. »Aber das ist kein Ort für eine junge Dame. Zu gefährlich.« Er nahm Platz. »Setzen Sie sich. Und dann erzählen Sie mal.«

»Es gibt nichts zu erzählen. Dieser Zettel lag in einem Umschlag vor meiner Wohnungstür. Gestern Vormittag.«

»Waren Sie bei der Polizei?«

»Bisher nicht.«

Luschinski begann zu grinsen. »Kellmann würde einen Anfall kriegen. Falls auf diesem Papier jemals Fingerabdrücke zu erkennen waren, dann sind sie jetzt verwischt. Genauso wie die Spuren in Hannings Keller.«

Ich wickelte mich fester in meinen neuen Diolen-Loft-Mantel. Trotz des Sonnenscheins war es kühl. »Nur mal so aus Neugier: Waren denn in Hannings Wohnung keine Fingerabdrücke, die einen Hinweis auf den Täter liefern könnten?«

Luschinski erwiderte: »Alles war voller Abdrücke, Treppengeländer, Tür, Möbel. Doch was nützt das? Die Wohnung war so öffentlich wie eine Bahnhofshalle. Die Jankewicz hatten einen Schlüssel, Schwester Käthe auch. Den hat sie ständig verlegt, sodass Hinz und Kunz hereinkonnten. Zwischendurch kam immer noch mal jemand von den Rabenaus vorbei, Lena oder auch mal Rabenau selbst, manchmal mit Detlef ... wegen Hannings Mutter. Die konnte ja nicht alleine bleiben. Und von diesen Nachbarn stammten auch die Fingerabdrücke.«

»Hat man auch Spuren von Jankewicz gefunden?«

»Sie glauben, dass ich alles weiß, oder?«

»Doch zumindest das meiste! Irgendjemand bei der Polizei geht wohl öfter mal einen mit Ihnen trinken. Und wahrscheinlich ist es nicht Kellmann.«

Er bestritt das nicht, sondern zwinkerte. »Selbst wenn man Abdrücke und Spuren gefunden hat, beweist das nichts. Der Mann holte manchmal seine Frau ab ...«

»Wusste er von dem Verhältnis mit Hanning?«

»Keine Ahnung. Manchmal erledigte er auch etwas, schippte Kohlen …«

»… er kannte also den Heizkeller wie seine Westentasche. Wo wohnen Sie eigentlich, Herr Luschinski? Doch sicher auch in der Siedlung?«

»Im Schlesierviertel.«

»Ich habe Sie noch nie im Gottesdienst gesehen.«

Er verschränkte die Hände hinter dem Kopf. »Ich bin kein besonders gläubiger Mensch. – Fräulein Gerlach?«

»Ja?« Es war das erste Mal, dass er mich beim Namen nannte.

»Warum sind Sie eigentlich am letzten Sonntag abgehauen, sobald der Arzt kam, und haben den weiteren Gang der Dinge nicht abgewartet?«

Weil ich den Geruch von Fäulnis und Verwesung nicht ertrage, wäre die ehrliche Antwort gewesen. Das Aroma des Todes hatte ich einmal im Leben zu intensiv gekostet. Doch was ging das diesen Reporter an?

Wir schwiegen.

»Ich würde den Brief nicht auf die leichte Schulter nehmen«, sagte er dann. »Wohnen Sie allein?«

»Ja, leider.«

»Nicht verheiratet?«

»Ich darf nicht heiraten. Vielmehr, dann müsste ich meinen Beruf aufgeben. Als amtierende Pastorin muss ich ledig bleiben!«

»Wo steht denn dieser Quatsch?«

»In einem Kirchengesetz.«

»Schade drum. Ein schönes Mädchen wie Sie …«

Er strich mir sanft über den Rücken. Es fühlte sich gut an.

Ich nahm all meinen Mut zusammen. »Und Sie? Sind Sie verheiratet?«

»Mit meinem Beruf. Ich bin ständig unterwegs. Das macht keine Frau lange mit.« Er streckte die Beine aus. »Aber bei mir ist das was anderes. Ich bin schließlich ein Mann. Bei Ihnen geht es um die Sicherheit. Und Jankewicz ist kein angenehmer Zeitgenosse. Obwohl dieser Brief nicht seine Handschrift trägt.«

»Ich weiß.«

»Wir beide werden herausfinden, auf wessen Schreibmaschine der Wisch getippt wurde.«

Er legte mir kurz den Arm um die Schulter. Dann drehte er sich um und ging.

NEUN

»Jesus ist kommen, nun springen die Bande. Stricke des Todes, die reißen entzwei«, sang die Gemeinde. Die Posaunen setzten zum Finale an. »Fühlst du den Stärkeren, Satan, du Böser? Jesus ist kommen, der starke Erlöser!«

Ich bezog Stellung am Rednerpult und blickte hinab auf die Trauergemeinde.

»Das Böse«, begann ich, »kommt nicht in Gestalt des Teufels, des Satans, wie wir ihn uns vorstellen, mit Hörnern und einem Pferdefuß. Das Böse trägt allzu oft ein menschliches Gesicht. Es kann, genauso wie das Gute, Menschen mit Beschlag belegen und sie prägen. Alle Menschen. Auch die, die uns nahestehen: Nachbarn, Freunde, Kumpel, sogar Eheleute.«

Die kleine Kapelle war überfüllt, Pastor Hanning war beliebt gewesen. Natürlich war auch mein Kollege Kruse gekommen. Ich sah ihn eindringlich an. »Wir nehmen heute Abschied von Pastor Hanning, der unter tragischen Umständen zu Tode gekommen ist. Sein Tod gibt uns Rätsel auf, Rätsel, die er nun mit ins Grab nimmt. Etwas geht vor sich, hier, jetzt, unter uns.«

In der dritten Reihe saß Superintendent van Diecken und nickte mir zu. Das gab mir den Mut, deutlicher zu werden.

»Wir können uns entscheiden: Dulden wir das Böse in unserer Mitte oder bekämpfen wir es? Geheimnisse, unaufgedeckte Schuld, können zu einem Fäulnisherd werden, der die ganze Gemeinschaft vergiftet wie ein Stück verdorbenes Fleisch in einem Brunnen. Der Verstorbene hat seine inneren Kämpfe ausgefochten. Nach allem, was ich von ihm und über ihn weiß, wollte er reinen Tisch machen. Ich lade alle dazu ein, es ihm gleichzutun. Damit handeln wir im Sinne des Verstorbenen und in Christi Geist – und lassen dem Dunklen, das sich unter uns breitmacht, keinen Raum. Sie können mich gerne jederzeit ansprechen.«

Ich blickte wieder in die Runde. Hatte ich mich zu weit aus dem Fenster gelehnt?

Luschinski, der erst während meiner Ansprache die Kapelle betreten hatte, hob den Daumen.

Der Südwestfriedhof glänzte im Frühlingskleid, als wir Hannings sterbliche Überreste zu Grabe trugen. In den Zweigen zwitscherten Vögel, und auf den Gräbern blühten Tulpen, umrankt von Efeu. Der Autolärm der nahen Bundesstraße schallte herüber.

Kommissar Kellmann ging auf dem Weg zum Grab neben mir. »Klare Worte, Fräulein Gerlach«, befand er. »Doch der, den es angehen könnte, war nicht da!«

»Wen meinen Sie?« Ich wollte den Verdacht nicht laut aussprechen.

»Ach, kommen Sie, das wissen Sie doch!«

Ich erwiderte nichts darauf.

Kellmann drehte eine Zigarette zwischen den Fingern, ließ sie allerdings unangezündet. »Der gehörnte Ehemann. Das pfeifen doch die Spatzen von den Dächern!«

Wir erreichten das frisch ausgehobene Erdloch. Die Träger ließen den Eichensarg hinab. »Erde zu Erde. Asche zu Asche. Staub zu Staub!« Ich ließ eine Schaufel voll dunkler Erde auf das Holz prasseln. Die Sargträger waren einige Schritte zurückgetreten, ich sprach ein Gebet.

Hinter mir hatten sich die Trauergäste aufgestellt. Hannings Bruder stand ganz vorne. Er stützte seine verwirrte Mutter, deren Gesichtsausdruck nicht erkennen ließ, ob sie die Situation erfasste. Hannings Schwägerin, auffällig gekleidet mit einem breitflächigen Hut, hielt den Arm der alten Dame auf der anderen Seite.

Für das Presbyterium war Rabenau gekommen, begleitet von seiner Tochter Lena. Ihre roten Haare leuchteten mit den Frühlingstulpen um die Wette.

Kaminski trat an das Grab, gefolgt von den Damen Jankewicz und Kreuter nebst Manni und seinem groß gewachsenen Kumpel. Hinter ihm bemerkte ich Idschdi und seine Frau Marie.

Kaminski drückte Hannings Hand und verbeugte sich leicht.

Nichts deutete auf seine enge Verwandtschaft mit dem Verstorbenen hin. Dann wanderte sein Blick in meine Richtung, und er nickte mir zu.

Weil ich ihm ins Gesicht sah, bekam ich nicht mit, wie Fräulein Kreuter stolperte. Sie taumelte, ruderte mit den Armen und versuchte sich zu fangen, wobei für einige Momente nicht abzusehen war, ob es ihr gelingen würde. Um ein Haar wäre sie ins Grab gefallen. Zu ihrem Glück hielt Idschdi sie von hinten so lange fest, bis sie wieder Boden unter den Füßen hatte.

Aus dem Hintergrund trat Kellmann hinzu und postierte sich neben der jungen Dame. Doch anstatt sie zu stützen, rümpfte er die Nase. Er murmelte etwas vor sich hin, das klang wie: »Blau wie ein Veilchen, das Fräulein«, dann führte er die Schwankende davon.

Manni und sein Kumpel rempelten sich an und feixten. Hatten sie der jungen Frau einen Stoß versetzt?

Das alles erklärte jedoch nicht die Reaktion von Frau Jankewicz. Die zierliche blonde Frau ließ die Blume, die für das Grab vorgesehen war, achtlos auf den Weg fallen. Dann schlug sie die Hände vors Gesicht und brach in bitterliches Weinen aus. Tränen rannen ihr über die Hände, und sie konnte nicht aufhören zu schluchzen.

Ich stand auf der anderen Seite neben den Angehörigen, zu weit von ihr entfernt, um sie zu trösten. Meine Freundin Rosi trat auf die Weinende zu und berührte sie. Frau Jankewicz zuckte zusammen. Dann wandte sie sich, immer noch laut schluchzend, ab und lenkte ihre Schritte in Richtung Friedhofstor.

Die Verbliebenen sahen ihr erschüttert nach. »Ich wusste gar nicht, dass Hanning ihr so nahe stand«, sagte Rabenau, und seine volle Stimme trug den Satz durch die versammelte Trauergemeinde.

Spätestens jetzt wussten es alle.

Am Ausgang sah ich, dass Kellmann Fräulein Kreuter bei den Schultern gepackt hatte und in einen Streifenwagen verfrachtete. Die Gelegenheit, ihm meinen Drohbrief zu zeigen, war verpasst.

Rosi startete ihren Motorroller. »Soll ich dich mitnehmen?« Ich blickte auf meinen schwarzen engen Rock und schüttelte entsetzt den Kopf. Rosi raffte ihren Kleidersaum und schwang sich anmutig in den Ledersattel. »Bis gleich«, rief sie mir zu und fuhr knatternd in einer Qualmwolke davon.

Kaminski fand sich an meiner Seite ein. Gemeinsam schlossen wir uns dem Trauerzug an, der sich langsam und unaufhaltsam vom Friedhof zum Gemeindehaus bewegte. Während Kaminski auf mich einsprach, dachte ich, dass dies die merkwürdigste Beerdigung war, an der ich jemals teilgenommen hatte. Würdig hatte sie sein sollen, der Position des Dahingeschiedenen entsprechend. Nun war alles ganz anders gekommen, und ich hoffte, dass das Andenken des Verstorbenen nicht beschädigt worden war. Denn ich hatte den Kollegen geschätzt. Daran änderte auch sein mutmaßlicher Fehltritt nichts.

»Auf dem Haus da liegt ein Fluch.«

»Hömma, Trudi, spinnst du jetzt völlig oder wat?« Rabenau schlürfte geräuschvoll aus seiner Tasse. Seine Tochter Lena saß beim Beerdigungskaffee zwischen den beiden und schaute von ihm zur Kioskbetreiberin und wieder zurück.

»Da sind doch schon mal zwei drin umgekommen, weißt du noch?«

»Im Krieg. Ist lange her. Wen interessiert dat noch?«

Ich horchte auf.

»Jetzt sagen Sie doch mal was, Fräulein Pastor!«, wandte sich der Dachdecker an mich.

Bevor ich reagieren konnte, fuhr Trudi fort: »Und ich sach's dir: einer tot, der andere nicht. Den Pastor hat's erwischt, und die Mutter lebt noch.« Sie deutete mit dem Kopf zur alten Frau Hanning, die neben ihrer Schwiegertochter platziert worden war und aussah, als wäre sie in Gedanken ganz woanders. »Und davor schon mal zwei Tote. Da soll sich noch einer auskennen. Na? Hat das Haus nicht mal deinem Vater gehört?«

Rabenau schüttelte den Kopf. »Ist aber schon was her. Ich

muss mich mit diesen Sachen nich auskennen, und du schon gleich dreimal nicht. Überlass das mal der Polizei.«

»Ach was, Polizei, die nützt auch nix, wenn's nicht mit rechten Dingen zugeht.«

»Bei dir im Kopf geht's nicht mit rechten Dingen zu«, erwiderte Rabenau grob. »Ihr Ostpreußen, ihr seht überall Gespenster!«

Trudi presste beleidigt die Lippen aufeinander. »Du sei mal ganz still. Ich hab mein Geschäft aufgebaut, da hast du noch in den Windeln gelegen! Ihr seid ja immer so fies auf die Flüchtlinge – aber was hättet ihr ohne uns gemacht?« Sie stemmte die Hände in die Hüften.

In diesem Moment sprach Schwester Käthe Rabenaus Tochter an. »Lena!«

Die junge Frau drehte den Kopf so schnell, dass die roten Locken flogen: »Ja, Schwester?«

»Ich geh gleich mal mit zu euch und seh nach deiner Mutter!«

Ich nutzte die Gelegenheit, mich einzuschalten: »Dürfte ich auch mitkommen, Lena? Ich glaube, ich kenne deine Mutter noch nicht.«

Schwester Käthe nickte. »So ist's recht, Fräulein Gerlach.«

Meinen Talar und meine Mappe deponierte ich im Gemeindebüro. Dabei fiel mein Blick auf die Schreibmaschine: ein Modell von IBM mit Kugelkopf. Sieh an, dachte ich, als ich die Schrifttypen mit denen auf meinem Drohbrief verglich. Es waren haargenau dieselben. Oder waren es die gleichen? Jetzt wurde die Liste der Verdächtigen lang.

Obenan stand mein Kollege Kruse.

»Ich bitte um Entschuldigung für die Unordnung«, sagte Rabenau verlegen, als er meinen Blick auf die verdorrte Zimmerpflanze bemerkte. Eine körperlose männliche Stimme sang über Herz, Schmerz, Liebe und Triebe. Rabenau schaltete das Kofferradio aus. Nun war es still.

Auf dem Tisch lag eine Ausgabe der Jugendzeitschrift Bravo. Ich hielt Ausschau nach einer Schreibmaschine, entdeckte jedoch keine. Nur eine Nähmaschine auf einem Tischchen am Fenster. Daneben schnarchte ein Hund, eine hässliche Promenadenmischung.

»Unter welcher Krankheit leidet Ihre Frau eigentlich?«

»Genaues weiß man nicht.« Er zuckte mit den Schultern. »Mal liegt sie den ganzen Tag im Bett. Am nächsten Tag steht sie auf, ist wieder fröhlich, fängt tausend Dinge an, näht Blusen und Kittel ...« Er wies auf die Nähmaschine, neben der sich bunte Stoffe häuften. »Dann lässt sie alles halb fertig liegen und bringt es durcheinander. Es heißt, sie ist gemütskrank.«

»Das muss schwer für Sie sein.«

»Ja, ja!«, seufzte Rabenau. »Und hier sieht's aus wie bei Hempels unterm Sofa, ich weiß. Meine Mutter hilft zwar, sie wohnt über uns, aber sie ist auch nicht mehr die Jüngste ... Auf die Tochter kann ich nicht zählen«, fuhr Rabenau fort. »Das Fräulein will nämlich unbedingt studieren. Dabei heiratet sie ja doch mal.«

Schwester Käthe erschien in der Tür, die zum Schlafzimmer führte. »Sie können jetzt hereinkommen und Frau Rabenau besuchen!«, wies sie mich an.

In diesem Moment stürmte ein halbwüchsiger Junge herein. Der Hund bellte und sprang an ihm hoch. Ohne zu grüßen, ließ der Junge sich auf einen Stuhl fallen und griff nach der Bravo.

»Guten Tag, Detlef!«, sagte die Diakonisse mit übertriebener Höflichkeit. Der Angesprochene stand auf und reichte ihr die Hand. »Möchtest du nicht auch Fräulein Gerlach begrüßen? Kennst du das Fräulein Pastor schon?«

»Vom Konfirmandenunterricht«, sagte der Junge mürrisch.

»Diese jungen Leute von heute«, meinte die Diakonisse kopfschüttelnd zu mir. »Kein Benehmen mehr!«

Später fand ich Lena weinend in der Küche. Kurzerhand bat ich sie, mir aus der beengten Wohnung ins Pfarrhaus zu folgen. »Moment noch«, sagte sie und betrat einen weiteren Raum, offensichtlich das Kinderzimmer. Und da sah ich sie: eine Reiseschreibmaschine auf dem Schreibtisch. Konnte sie das gesuchte Modell sein? Doch Luschinski hatte von einer IBM gesprochen.

Kaum saßen wir in meinem Amtszimmer, begann Lena wieder zu weinen.

Ich reichte ihr ein Taschentuch, eines, das meine Großmutter kunstvoll mit Seidengarn umhäkelt hatte. Für die Aussteuer, die ich nun niemals zusammenstellen würde.

»Weinst du, weil der Pastor tot ist?«

Sie nickte.

»Wie lange hast du bei ihm im Haushalt geholfen?«

»Zwei Jahre«, antwortete sie. »Und danach immer mal wieder, am Wochenende oder in den Semesterferien. Wenn Frau Jankewicz mal nicht konnte.«

»Hat er dich dafür bezahlt?«

Lena schluchzte wieder auf. »Ich hab's doch nicht deshalb gemacht.«

»Weshalb denn?«

»Er war wie ein Vater zu mir!«

»Aber du hast doch einen Vater«, wunderte ich mich. »Einen netten Vater!«

»Der Pastor war ganz anders. Er hat immer gesagt, ich wäre so schlau, ich sollte studieren. Damit ich mal später auf eigenen Beinen stehe.«

»Besser ist das«, stimmte ich zu.

»Vater ist dagegen. Ich soll eine Lehre machen und zu Hause helfen, weil Mutter krank ist. Dabei wollte ich weg. Ich hab doch gerade erst angefangen. In Marburg.«

»Was studierst du?«

»Ich will Lehrerin werden, für Deutsch und Geschichte. Aber daraus wird nichts mehr, jetzt, wo der Pastor tot ist.«

»Hat der Pastor dein Studium bezahlt?«

Sie zuckte mit den Schultern. »Er hat mir geholfen, aus einem bestimmten Grund. Aber da darf ich nicht drüber reden.«

Ein schmutziger Gedanke tauchte auf. Hatte Lena sich ihr Studium mit Liebesdiensten erkauft? War sie das Amüsiermädchen gewesen, und Frau Jankewicz die zukünftige Ehefrau? Mal abgesehen davon, dass ich meinem Kollegen das nicht zutraute: Warum war er dann nicht bei Lena geblieben, sondern hatte sich eine Verheiratete gesucht? Oder hatte Lena ihm den Laufpass gegeben? Doch warum verhielt sie sich dann immer noch so loyal?

Lena schaute mich erwartungsvoll an.

»Er lebt nicht mehr! Was macht das jetzt schon noch aus?«, ermutigte ich sie.

Die rothaarige junge Frau blieb standhaft. »Geheimnis bleibt Geheimnis.«

Ich beschloss den Frühlingstag mit einem Abendspaziergang durch die Siedlung. Wieder zurück, begegnete mir ein sehr verlegen dreinschauender Herr Jankewicz im Treppenhaus. Er wirkte angeschlagen. Angesichts der aktuellen Ereignisse wunderte mich das nicht.

»Tut mir leid, Fräulein«, nuschelte er so leise, dass ich ihn kaum verstehen konnte.

»Was denn?«

»War wohl besoffen am Samstagabend«, sagte er, so als wäre er sonst nie betrunken. Dabei blickte er zu Boden.

»Entschuldigen Sie sich lieber bei Ihrer Frau«, sagte ich kühl. »Und bei Ihren Kindern.«

Doch da hatte er schon die Wohnungstür hinter sich zugezogen.

In der Nacht weckten mich Stimmen. Eine Frau lachte. Darauf antwortete eine tiefe Männerstimme. Ich öffnete das Fenster zum Westpark. Unten stand Fräulein Kreuter, im angeschickerten Zustand hielt sie sich nicht zurück.

»Fräulein Kreuter!«, rief ich. »Kommen Sie herein!«

Sie reagierte nicht. Also zog ich einen Mantel über das Nachthemd und ging hinunter.

Der Mann – ein Mittvierziger, dessen Aufzug derangiert war – ließ von der betrunkenen Frau ab, als er mich sah. »Ach, da ist ja noch so ein Schätzken. Komm doch mal her«, lockte er. Das Hemd hing ihm aus der Hose, und die Krawatte saß schief.

»Kommen Sie herein, Fräulein Kreuter!«, forderte ich sie nun energischer auf.

»Ach was, jetzt wird's doch erst lustig!«, befand der Mann und legte meiner Untermieterin die Hand auf die Brust. »Wie wär's denn mit 'nem Dreier, Süße?«

Fräulein Kreuter kicherte in gespielter Entrüstung. »Du bist mir ja ein ganz Schlimmer!«

Der Mann kniff sie in den Po. »Und ob! Das weißt du doch!«

»Ich muss doch sehr bitten!« Ich stemmte die Hände in die Hüften, so wie ich es bei Trinkhallen-Trudi beobachtet hatte.

Fräulein Kreuter schien erst jetzt wahrzunehmen, um wen es sich bei der hinzugekommenen Person handelte. »Ach, lass die mal. Das ist hier die Heilige vom Dienst, die darf nicht du-weißt-schon-was!« Fräulein Kreuter bekam sich kaum noch ein vor Heiterkeit.

»Ja, ja, das sind die Schlimmsten. Was die alle so treiben unter ihren Kutten ...«

Seine Blicke wurden noch begehrlicher.

»Nix Kutten, das ist keine Nonne, die ist Pastorin hier. So richtig inne Kirche, sonntags. Haste so was schon mal gehört!« Sie lachte, bis sie einen Schluckauf bekam.

Der Mann fand das weniger lustig. »Ich glaube, ich muss jetzt gehen«, sagte er, plötzlich ernüchtert. Ohne sich zu verabschieden, verschwand er in der Dunkelheit.

»Klar, geh nur! Deine Frau wartet ja schon!«, zeterte Fräulein Kreuter hinter ihm her.

»Pscht!«, machte ich und zog die Betrunkene zur Haustür. »Sie wecken noch die ganze Nachbarschaft auf! Kommen Sie jetzt endlich!«

Sie fand den Wohnungsschlüssel nicht, und so nahm ich sie mit zu mir in den ersten Stock. »Pscht! Sonst wird Ihr Vater noch wach!«, zischte ich auf der Treppe.

»Was geht mich der Jankewicz an!«, maulte sie.

Am nächsten Morgen würde sie wieder kuschen, doch in ihrem angeschickerten Zustand ließ sie ihrer Wut freien Lauf. Sie schimpfte auf den Stiefvater, der die Mutter verprügelte, auf die Mutter, die sich alles gefallen ließ, auf den Kohlenpott, in dem es so dreckig war, dass man die Trauerränder mit Nagellack übertünchen musste, und auf die Ehemänner, die fremdgingen und nicht mal anständig dafür zahlten. »Wenn's hoch kommt, mal 'n Essen oder 'n Paar Nylonstrümpfe«, klagte sie. »Mehr rücken die nicht raus! Aber ihren Spaß wollen sie haben, am liebsten für lau!«

»Pscht!«, machte ich noch einmal, bettete die Beschwipste auf das Sofa im Wohnzimmer und blieb bei ihr, bis leises Schnarchen anzeigte, dass sie eingeschlafen war.

Von allen Seiten drängelten sie. Es gab kein Entkommen, keine Ausweichmöglichkeit. Der Druck auf meine Brust nahm zu. Es war stockdunkel und stickig in dem Bunker tief unter der Erde. Um mich herum ragten sie hoch auf und ließen nur den Blick nach oben zu, hinauf zu der viel zu niedrigen Decke, wie in einer Tunnelröhre. Sie drückten mich zusammen, winzig, wie ich war. Mir blieb die Luft weg. Es wurde immer heißer. Wir näherten uns dem Erdkern.

Ich war in der Hölle.

Dann sah ich dem Teufel in die Augen. Ich hatte mich geirrt. Den Bösen gab es doch. Satan. Seine Augen waren schwefelgelb und glitzerten gierig.

»Hilfe! Hilfe!«, schrie ich.

Der Teufel ließ von mir ab.

Ich bekam wieder Luft.

Mit zitternden Händen knipste ich die Nachttischlampe an.

Auf dem Boden saß der schwarze Kater und sah mich aus phosphoreszierenden Augen an.

»Du dummes Vieh!«, sagte ich zu ihm. »Was hast du mich erschreckt!«

»Koks! Koks, komm her!«, vernahm ich in diesem Moment. In der Tür stand Fräulein Kreuter. Mit ihren zerzausten Haaren sah sie aus wie ein kleines unschuldiges Mädchen. Hastig richtete sie ihre Kleider.

»Ich geh dann mal, Fräulein Pastor. Und danke für alles.« Das klang leicht verlegen.

Sie öffnete die Wohnungstür und huschte hinaus.

Gleich darauf hörte ich ein schrilles Kreischen: »Igitt! Pfui Teufel! Koks, warst du das?«

Der Kater war längst die Treppe hinuntergelaufen und saß maunzend vor dem Eingang zur unteren Wohnung. Koks war unschuldig an der Schweinerei. Er hatte die Nacht in meinem Schlafzimmer verbracht.

ZEHN

»Hier! Ich hab's mitgebracht!« Ich wickelte den Kaninchenkadaver aus dem Zeitungspapier und platzierte ihn neben dem vollen Aschenbecher. Leichenteile zu Sargnägeln. Stank schließlich beides bestialisch.

Kellmanns verkniffenem Gesichtsausdruck entnahm ich, dass ihm das kombinierte Aroma nicht gefiel.

»Was ist das?«, fragte er angewidert. »Ein Kaninchen? Bringen Sie jetzt schon Ihre toten Haustiere mit?«

»Nicht meines. Vermutlich ein halbwildes Tier aus dem Westpark, das jemand getötet und mir vor die Tür gelegt hat. Sehen Sie hier« – ich wies mit ausgestrecktem Zeigefinger auf das blutige Bündel – »offensichtlich wurde ihm die Kehle durchtrennt.« Die Wunde war blutverkrustet. Glupschige Augen starrten uns unheimlich an. Ich wandte den Blick ab.

»Aha. Sind Sie Spezialistin, oder woher wissen Sie, wie das Tier getötet wurde?«

Darauf erwiderte ich nichts.

Er fragte weiter: »Sie haben das Tier jedenfalls gefunden?«

»Ja. Beziehungsweise nicht ich, sondern meine Untermieterin. Sie hat aus Gründen, die für diesen Fall nicht von Interesse sind, auf meiner Couch genächtigt.«

Kellmann spannte wieder einen Bogen in die Schreibmaschine. »Uhrzeit? Genauer Fundort?« Er zündete sich einen Glimmstängel an.

»Halb sieben Uhr morgens. Der Kadaver lag auf dem obersten Treppenabsatz vor meiner Wohnungstür. Neben dem Geländer.«

»Ich muss das Beweismaterial sicherstellen«, sagte der Kommissar. »Übrigens, Sie haben ja ganz schön vom Leder gezogen gestern bei der Beerdigung!«

Ich nickte.

»Ganz schön mutig. Für so ein zartes … Fräulein Pastor.«

Später brachte der Kommissar das Gespräch auf Jankewicz und sein Alibi.

»Er meinte, Sie könnten seine Anwesenheit im Haus bezeugen.«

»Aber doch nicht für die ganze Zeit! Jankewicz wurde nach dem Streit mit seiner Frau gegen zehn, halb elf in der Siedlung gesehen.«

»Ich weiß. Trinkhallen-Trudi.« Der Kommissar nickte. »Er gab an, Sie wären ihm danach begegnet.«

»Das stimmt.« Daran hatte ich gar nicht mehr gedacht. »Frühmorgens hörte ich ein Geräusch. Es mag so gegen drei gewesen sein. Ich habe einen leichten Schlaf, und so wurde ich wach. Ich spähte durch den Türspalt. Jankewicz versuchte, seine Wohnungstür zu öffnen.«

»War er angetrunken?«

»Davon gehe ich aus. Gibt es denn Kneipen, wo man nach der Sperrstunde noch trinken kann?«

Kellmann zuckte mit den Achseln. »Wir drücken manchmal ein Auge zu. Ich verstehe allerdings nicht, warum Jankewicz die Begegnung mit Ihnen als Alibi angibt. Das ist eher das Gegenteil. Was hat er denn zwischen elf und drei gemacht? Außer einen über den Durst getrunken, natürlich!« Er lachte über seinen eigenen Witz.

»Gegenfrage: Was sagt denn seine Frau?«

»Dass er die ganze Nacht zu Hause war, im Ehebett, natürlich. Was soll sie sonst sagen«, presste Kellmann zwischen den Zähnen hervor.

»Das wundert mich. Er behandelt sie nicht immer freundlich.«

»Mich wundert es nicht. Sie hat selbst Dreck am Stecken. Hat ihn betrogen. Jetzt ist der Liebhaber tot, da muss sie sich mit dem Mann gut stellen. Sonst steht sie nachher ohne einen Pfennig da.«

»Weiß der Mann Bescheid?«

Kellmann zündete sich die Nächste an. »Das kann ich Ihnen nicht sagen.« Konnte er nicht oder wollte er nicht?

»Seit wann?«

»Fräulein Gerlach, ich stelle hier die Fragen. Selbstverständlich haben wir Jankewicz im Blick. Ein Motiv für den Mord hatte er allemal. Das tote Kaninchen würde dazu passen. Schließlich wohnt er ja im selben Haus wie Sie.«

»Ja. Allerdings wäre da noch etwas.« Ich holte den mittlerweile zerknitterten Drohbrief aus der Manteltasche und reichte ihn über den Schreibtisch. »Das sieht mir nicht nach Jankewicz aus. Eine Schreibmaschine besitzen meine Untermieter nämlich nicht.«

»Wird ebenfalls als Beweisstück konfisziert!«, bellte Kellmann und drückte die Zigarette im Aschenbecher aus.

»Dann nehmen Sie das doch gleich auch noch!« Ich legte den regenbogenbunten Nylonbeutel auf den Tisch, in dem ich das tote Kaninchen transportiert hatte.

»Und? Hat Kaminski sich erklärt?«, wollte Rosi wissen.

Ich stöhnte. »Deine Phantasie! Es ging nicht um eine romantische Angelegenheit.«

»Schade eigentlich«, bedauerte Rosi.

Dieses Mal telefonierten wir nicht, sondern flanierten durch den Westfalenpark. Sechs Jahre zuvor anlässlich der Bundesgartenschau angelegt, war der gigantische Garten an der Hauptverkehrsader B 1 immer noch eine Attraktion. Meine Freundin hob ihren langen Rock dezent an, um auf der Tribüne am Buschmühlenteich Platz zu nehmen.

Sie schaute mich von der Seite an. »Martha, du wirkst nicht gerade gut gelaunt. Möchtest du darüber sprechen?«

Ich setzte mich neben sie. »Rosi, ich fühle mich in meiner Gemeinde nicht mehr sicher.«

In diesem Moment schob eine Gruppe junger Frauen ihre Kinderwagen über den Weg. Sie waren in luftige rote oder gelbe Diolen-Stoffe gekleidet. Eine trug keck den Rocksaum über dem Knie, entsprechend der neuen Mode aus England. Mary Quant. Das blaue Wägelchen mit dem Kunststoffbezug passte exakt dazu.

Ich sah ihnen nach. »Kinder. Werden wir nie haben!«

Rosi strich sich durch den Bubikopf, der bereits graue Strähnen aufwies. »Ich sowieso nicht mehr. Aber was ist mit dir? Du kannst es dir noch überlegen.«

»Und dafür meinen Beruf aufgeben? Du weißt, wie gerne ich predige und mit Menschen zu tun habe! Der Preis wäre zu hoch.«

»Obwohl es in deiner Gemeinde schwierig ist? Deine Ansprache gestern war übrigens sehr beeindruckend.«

»Danke.« Ich schwieg.

Rosi schaute den Schwänen hinterher, die krakeelten, sobald ein Besuchergrüppchen an ihnen vorbeiging.

»Also doch Kaminski?«, vermutete Rosi.

Mir platzte der Kragen. »Hömma, Rosi!«, protestierte ich. Allmählich übernahm ich die Ruhrgebietssprache. »Ich finde jeden Tag etwas anderes Ekliges vor meiner Tür, ich weiß nicht, wem ich überhaupt noch glauben kann, mein Kollege bedroht mich …«

»Du weißt doch gar nicht, ob Kruse den Brief geschrieben hat!«

»Aber er hat mich mehrmals davor gewarnt, meine Nase in fremde Angelegenheiten zu stecken. Und wäre mich lieber heute als morgen los. Und dann bezeichnet Trinkhallen-Trudi das Pfarrhaus als Spukhaus!«

»Ich fand es auch schon immer unheimlich bei dir!«

»Nicht meines, Hannings Pfarrhaus. Da wären schon mal Leute drin umgekommen.«

»Das kannst du ja herausfinden!«

»Lena Rabenau hat ein Geheimnis mit Pastor Hanning …«

»Oha. Ein amouröses?« Rosi kicherte verhalten.

»Sei nicht albern. Jedenfalls: Hanning ist umgebracht worden, und merkwürdige Dinge gehen vor. Und du glaubst, mein Problem wäre eine Neigung zu Kaminski?«

»Was wollte er denn sonst von dir? Ich habe euch am Sonntag auf dem Westenhellweg zusammen gesehen.«

»Steht unter Schweigepflicht. Ach, egal. Der Kommissar weiß es auch schon: Kaminski ist der Stiefbruder von Pastor Hanning. Vielmehr, war. Hanning wollte nicht zu ihm stehen. Darüber haben sie gestritten. Kurz vor seinem Tod.«

»Aha. Sehr geschickt, dir das freiwillig zu erzählen. So gerät er nicht unter Verdacht, falls es zufällig herauskommt!«

»Meinst du?« Ich zuckte mit den Schultern und schloss die Augen. Mit dem Kopf im Nacken genoss ich die lang entbehrten Sonnenstrahlen im Gesicht und bemühte mich, nicht mehr an die gruseligen Ereignisse zu denken.

Rosi öffnete ihre Handtasche und suchte nach der Lesebrille. Anschließend machte sie sich Notizen in einem linierten Heft. »Weißt du, was mir auffällt?«, fragte sie.

»Du wirst es mir gleich sagen.«

»Alle kannten Pastor Hanning: die Nachbarn in der Siedlung, auch wir, die Kollegen im Pfarrkonvent. Ein korrekter Kollege, ziemlich fromm, etwas bieder, mit einem hohen Anspruch an sich selbst. Dabei ein netter Kerl. Aber wer kannte ihn privat? Hatte er Freunde, Vertraute?«

»Keine Ahnung. Du arbeitest länger hier im Kirchenkreis.«

»Und du bist näher dran. Weißt du, ob es Menschen gab, die Hanning nicht mochten?«

»Jankewicz.«

»Klar.«

»Vielleicht Rabenau, wegen Lena?«

»Und Schwester Tabea«, ertönte eine Stimme von hinten. Ich drehte mich um und blickte in das Gesicht von Luschinski.

»Wie kommen Sie auf Schwester Tabea?«, fragte ich.

Luschinski grinste. »Sie hätte zu gern das Schwesternhäubchen mit einem Ehering vertauscht. Hanning war ihr bevorzugter Kandidat. Leider hatte der Pastor kein Interesse. Jedenfalls nicht mehr, seit ihm Frau Jankewicz den Haushalt machte. Das kam bei der Schwester nicht so gut an.«

»Woher wissen Sie das alles? Waren Sie mit dem Pastor befreundet?«

»Sagen wir, er war ein guter Kumpel. Wir haben öfter einen zusammen gehoben. Wenn er mal zu Hause rausmusste.«

»Und das fällt Ihnen jetzt ein!«

»Haben Sie mich danach gefragt?« Er zwinkerte mir zu.

»Warum hat Hanning ausgerechnet eine verheiratete Frau

genommen?«, überlegte ich. »Er war doch sonst so auf Ehrbarkeit bedacht.«

»Wo die Liebe hinfällt!«

»Hatte er keine Schuldgefühle?«

»Ich glaube, davon hatte er sich gelöst.«

»Dann hat der Mann sich wirklich geändert. Nach dem, was seine Brüder erzählt haben, hat er doch lange Zeit mit seinem Vater gehadert, weil der das Eheversprechen nicht gehalten hat. Woher auf einmal diese Wandlung vom Saulus zum Paulus?«

Luschinski grinste. »Er sagte, die Ehe ist für den Menschen da und nicht der Mensch für die Ehe.«

»Entsprechend dem, was Jesus über den Sabbat sagte«, ergänzte meine Freundin.

»Wer ohne Sünde sei, werfe den ersten Stein«, gab ich abschließend meinen Senf dazu.

»Sehr wohl, die Damen!« Luschinski deutete eine Verbeugung an und eilte davon.

»War das nicht der Reporter von der RuhrRundschau?«

Ich nickte.

»So ist das also! Mit Kaminski hast du mich auf die falsche Fährte gelockt!«

Ich versuchte, das Thema zu wechseln. »Schau mal, da zeigt sich schon das erste Grün in den Bäumen.«

»Lenk nicht ab«, sagte Rosi prompt.

»Luschinski ist einfach nur ein netter Nachbar«, behauptete ich. »Einer, der auf meiner Seite steht. Dem ich vertrauen kann!«

»Wie du meinst. Gehen wir noch ins Café am Florianturm?«

»Keine Zeit mehr. Ich werde bei der Telefonseelsorge erwartet.«

Der Leiter der Telefonseelsorge, ein pensionierter Pastor, nickte bedächtig, als ich ihm mein Anliegen vortrug. »Die Dame mecht sich, bittscheen, selbst an uns wenden«, erklärte er mit der typischen Aussprache der Ostflüchtlinge. »Sonst kann ihr nicht geholfen werden.«

»Aber sie befindet sich in großer Gefahr!«, hielt ich dagegen. »Der Mann ist gewalttätig. Er schlägt die Frau regelmäßig. Sie braucht dringend Hilfe.« Ich stockte. Sollte ich von ihrem Ausrutscher erzählen? Wahrscheinlich würde der Seelsorger dann sagen, Frau Jankewicz sei selbst schuld. Doch für das Verhalten ihres Gatten gab es keine Rechtfertigung.

»Das ist schlimm.«

»Obwohl sie und die Tochter, vielmehr die Stieftochter ...« Ich verhaspelte mich.

Der Kollege mit den blauen Augen unter den buschigen weißen Brauen neigte den Kopf und wartete ab.

Vorsichtig formulierte ich: »Sie scheinen es mit der Moral nicht so genau zu nehmen. Ich weiß nicht, ob das etwas zur Sache tut ...«

»Ah ja, mecht sie wohl hier und da ein Krösken haben«, schmunzelte der alte Herr. »Ihr wird viel vergeben, denn sie hat viel geliebt!«

»Krösken?«, fragte ich irritiert. Hatte der alte Herr mitgekriegt, was ich gesagt hatte?

»Eine Liebschaft. Ein Verhältnis, so sagt man wohl im Kohlenpott. Sie kommen auch nicht von hier?«

Ich schüttelte den Kopf. »Nein. Wir kommen aus dem Osten.« Mein Gegenüber nickte. »Vielleicht nicht ganz so weit aus dem Osten wie Sie«, fügte ich hinzu. »Wir stammen aus Berlin.«

»Ah ja. Sind ja viele hierhergekommen im Krieg. Manche auch erst später, aus der Ostzone.«

»Wir kamen im Krieg. Als Flüchtlinge«, sagte ich und konnte selbst kaum glauben, dass ich das einem Fremden erzählte.

»Da waren Sie wohl noch ein Kind? Sie kamen mit Ihrer Frau Mama?« In den blauen Augen des alten Mannes las ich verständnisvolle Anteilnahme. Ich schluckte, dann nickte ich.

»Und lebt sie noch, die Frau Mama?«

Wieder nickte ich. »Ja, aber nicht im Kohlenpott. Bei ihrer Schwester im Sauerland.«

»Und der Herr Papa?«

Ich schwieg.

»Ist wohl im Krieg geblieben, der Herr Papa?«, schlussfolgerte der Seelsorger, und wieder nickte ich. Luschinski!, schoss es mir durch den Kopf. Der Reporter erinnerte mich an meinen Vater, die Art, wie er zwinkerte und lächelte. Kein Wunder, dass ich sofort Vertrauen zu ihm gefasst hatte.

»Ach je. Schlimme Zeiten damals. Und gibt es wenigstens noch ein Brüderchen oder ein Schwesterchen?«

Ich wandte den Kopf ab, damit der Mann meine Tränen nicht sah. Er schwieg und wartete ab.

»Gestorben«, sagte ich dann leise. »Im Krieg.«

ELF

»Die Luft ist rein!«

Ich streckte den Kopf aus der Tür zum Gemeindebüro und gab Luschinski ein Zeichen. Vom Kirchturm schlug die Glocke zwölf.

Mittagszeit. Marie hatte ihren Dienst soeben beendet.

»Sie bleiben vorne und passen auf, dass keiner kommt«, ordnete Luschinski an.

»Schmiere stehen!« Ich kicherte nervös.

Luschinski spannte ein Blatt in die Schreibmaschine und tippte in rasantem Tempo drauflos. »Bald werden wir wissen, ob der Schmierfink dieses Gerät hier benutzt hat!«

»Oh, ist das laut!«, rief ich und hielt mir die Ohren zu.

»Ja und? Hört hier doch keiner, oder?«

»Idschdi und Marie wohnen im zweiten Stock. Direkt über dem Büro.«

»Stimmt. Das hatte ich vergessen. Doch schließlich haben Sie das Recht, sich hier aufzuhalten, als Pastorin.«

»Wer hat das Recht wozu?«, tönte es aus dem Flur.

Kruse baute sich in seiner ganzen Breite vor mir auf. »Ach, sieh da, das Fräulein Gerlach! Was machen Sie denn im Büro? Anonyme Briefe verfassen etwa?«

»Wie bitte?«

Kruse schaute mich böse an. »Waren Sie das?« Er hielt mir einen Bogen Papier unter die Nase.

Ich las: »Wir dulden keinen Mörder unter uns! Einer, der es gut meint.«

»Aha!«, sagte ich. »Wenn das von mir ist, von wem stammt dann das hier? Habe ich heute Morgen bei mir im Treppenhaus gefunden.« Ich zeigte ihm meinen Brief. »In diesem Haus wohnt ein Mörder! Das dulden wir nicht!«, stand darin.

»Dieselbe Schrift«, murmelte Kruse. »Ist ja 'n Ding!«

»Eine andere Frage noch: Hatten Sie vielleicht in letzter Zeit eine tote Ratte vor der Tür? Oder einen Hamster?«

Er schüttelte den Kopf. »Sie haben eine lebhafte Phantasie, Schwester Gerlach. Geht es Ihnen heute nicht gut?«

»Nicht besonders. Jedenfalls nicht, seit ich ein totes Kaninchen vor der Tür fand. Gestern Morgen.«

»Das ist nicht Ihr Ernst!«

»Doch, leider. Das Tierchen befindet sich mittlerweile in Gewahrsam. Auf dem Polizeirevier.«

Endlich fiel Kruses Blick auf den Reporter, der immer noch am Schreibtisch saß und nun den Bogen aus der Maschine zog.

»Luschinski! Was wollen Sie denn hier!«, brüllte er.

»Ich habe ihn gebeten, mich zu unterstützen«, sagte ich mit fester Stimme und wartete auf das Donnerwetter.

Doch das blieb aus.

»Soso«, sagte mein Kollege nur. »Na, wenn Sie da mal nicht den Bock zum Gärtner gemacht haben!«

Später trug ich meinen Talar, den ich nach Hannings Beerdigung im Gemeindebüro gelassen hatte, zur Kirche. Sorgfältig hängte ich die schwarze Robe auf den Garderobenhaken in der Sakristei. Auf dem Tisch lag das Heft mit den Einträgen der Kollekten: zweiundzwanzig Mark fünfzig im Klingelbeutel und achtundvierzig Mark zweiundvierzig am Ausgang letzten Sonntag. Keine großen Summen in dieser Gemeinde der rechtschaffenen Bürger, Handwerker, Einzelhändler und Bergmänner.

Ich betrat die Kirche. Sie war erst im vergangenen Jahr eingeweiht worden, ein moderner Backsteinbau, der sich allein durch die rote Farbe von den braunen und grauen Häuserfassaden in der Siedlung unterschied.

Vor dem Krieg hatte die Gemeinde sich in einer Kapelle versammelt, nicht weit von der jetzigen Kirche entfernt. Sie war 1901 erbaut und bei dem großen Bombenangriff auf Dortmund 1944 zerstört worden. Über viele Jahre hinweg fanden Gottesdienste im Gemeindehaus statt. »Wir hatten einen ›Dachreiter‹ darauf gesetzt, der aussah wie ein Kirchturm«, hatte Hanning mir kurz nach meiner Einführung einmal erzählt. »Dadurch sah das Haus einer Kirche recht ähnlich.«

Plötzlich entdeckte ich, dass ich nicht allein war. In einer der hinteren Bänke kniete eine Frau, blondes Haar fiel auf die Lehne der vorderen Bank.

Vorsichtig näherte ich mich ihr. Erst, als ich kurz vor ihr stand, erkannte ich Marie.

Ich wartete.

Nach einigen Minuten beendete sie ihr Gebet mit einem »Amen« und bekreuzigte sich. Ihr Blick erfasste mich. »Fräulein Pastor. Es tut mir leid!«

»Was denn? Sie dürfen doch in der Kirche beten. Habe ich die Tür versehentlich offen gelassen?«

»Ich habe Schlüssel.«

Richtig. Sie war mit dem Hausmeister verheiratet, der die Schlüsselgewalt über Gemeindehaus, Kirche und die Pfarrhäuser innehatte.

»Marie?«

»Ja, Fräulein Pastor?«, fragte sie scheu.

»Sie haben sich bekreuzigt. Sind Sie katholisch?«

Erschrocken fasste sie sich ans Herz. »Nicht erzählen, bitte!«

»Und Ihr Mann?«

Sie senkte schuldbewusst den Blick.

»Wie kommt es dann, dass Sie in einer evangelischen Gemeinde arbeiten?«

Die Frage verhallte im Raum. Marie hatte die Flucht ergriffen.

»Hier. Nehmen Sie das und gehen Sie damit zur Polizei!« Luschinski drückte mir den Bogen in die Hand, auf den er zuvor in wilder Reihenfolge Buchstaben getippt hatte. »Die sollen überprüfen, ob die anonymen Briefe auf dieser Maschine geschrieben wurden!«

»Ja, aber das sehe ich doch!« Vergleichsweise hielt ich das aktuelle Papier mit der Mörderanklage daneben.

»Was sehen Sie?« Luschinski zwinkerte. »Diese Maschinen gibt es zu Hunderten. Da müssen Spezialisten ran und jede Unebenheit überprüfen. Und hier« – er schob ein weiteres Blatt zu mir herüber – »der Kollege hat mir seinen Wisch auch gegeben.«

»Kommen Sie mit zur Wache?«

»Ich hab keine Zeit. Muss zur Zeche Zollern, da geht es gerade hoch her!«

»Da arbeitet doch Jankewicz!«

»Wer weiß, wie lange noch.«

»Was heißt das? Soll er verhaftet werden?«

»Das weiß ich nicht. Aber die Schachtanlagen werden geschlossen. Schicht im Schacht!« Er zwinkerte erneut. »Der Vorstand informiert, der Betriebsrat steht Kopf. Ich berichte.«

»Stimmt. Frau Jankewicz hat erzählt, dass die Zeche vielleicht zugemacht wird.«

»Ich muss los. Grüßen Sie mal den Kellmann von mir. Und das tote Karnickel.«

Ich wollte mich gerade auf den Weg zum Präsidium machen, als mir einfiel, dass ich meine Handtasche vergessen hatte. Vor der Tür des Gemeindebüros hielt ich inne. Drinnen hörte ich Stimmen.

»Der Polacke, der meint das ernst. Hat damit gedroht, dass er die nötigen Papiere besorgt«, sagte ein Mann.

»Ja und? Das heißt doch nicht, dass er irgendeinen Anspruch durchsetzen kann.« Unverkennbar die Stimme meines Kollegen Kruse.

»Zu dumm, dass Hanning tot ist. Sonst wäre alles einfacher.« Ich glaubte, die Stimme von Rabenau zu erkennen.

»Da bin ich mir nicht sicher. Keine Ahnung, auf wessen Seite Hanning war.«

»Und deine Kollegin. Diese Kaline, entschuldige, aber die können wir gerade wirklich gar nicht brauchen!«

»Da bin ich deiner Meinung!«

Ich schnappte empört nach Luft. Am liebsten wäre ich schnurstracks in das Büro gestürmt und hätte die Herren zur Rede gestellt. Stattdessen lauschte ich weiter, neugierig, wie ich war.

»Die schnüffelt ja wirklich überall herum. Hättest du sie nicht fernhalten können?«

»Wie denn? Hanning wollte sie unbedingt haben.«

»Der ist jetzt tot. Und wir haben den Salat.«

Schritte näherten sich der Tür.

Ich sah zu, dass ich Boden gewann.

»Mörder! Mörder! Mörder!«

Aus dem Park ertönten schrille Schreie, sogar durch die Scheiben meines Amtszimmers hindurch. Ich öffnete das Fenster, konnte aber niemanden entdecken. Der Mob hatte sich wohl zwischen den Büschen versteckt.

»Haut ab!«, rief ich, so laut ich konnte. Steine flogen, schlugen auf die Hauswand. Einer hätte fast meinen Kopf erwischt.

»Ihr Feiglinge!«, schrie ich und schlug das Fenster zu.

Ich ging zur unteren Wohnung und klopfte. Fräulein Kreuter öffnete mir, sie wirkte derangiert und verstört. »Ich zeige Ihnen etwas«, sagte sie tonlos und verschwand.

Wenig später kam sie mit einem zerknitterten Zettel in der Hand zurück.

»Pass auf, du Mörder! Wir kriegen dich noch!«, stand darauf. Wieder mit Schreibmaschine geschrieben.

»Ich habe ebenfalls anonyme Briefe erhalten«, informierte ich sie. »Sie müssen das zur Polizei bringen.«

ZWÖLF

»Moment!« Ich verrichtete gerade im Bad meine Morgentoilette, als ich im Treppenhaus Geräusche vernahm. Hastig trocknete ich mir das Gesicht ab und trat in den Flur.

Es klopfte an der Wohnungstür.

»Wer ist da, bitte?«

»Frau Jankewicz«, ertönte die zaghafte Stimme meiner Untermieterin. Ich öffnete und bat die Besucherin herein. Argwöhnisch ließ ich den Blick über den Treppenabsatz schweifen, doch diesmal lag da kein Briefumschlag und auch kein totes Kaninchen. Und leider ebenfalls nicht das erdrosselte Katzenvieh von unten. Erst letzte Nacht hatte es mich mit seinem Jaulen wach gehalten.

Frau Jankewicz fragte: »Dürfte ich bitte Ihr Telefon benutzen?«

Ich wies auf den Apparat. »Meinetwegen. Wenn es ein Ortsgespräch ist.«

»Ich muss Rabenau anrufen. Könnten Sie mir vielleicht die Nummer heraussuchen?«

Ich griff zum Telefonbuch und diktierte ihr die Ziffern in die Wählscheibe. Danach zog ich mich in die Küche zurück und setzte Kaffeewasser auf.

Wenige Minuten später kam sie herein.

»Auch einen Kaffee, Frau Jankewicz?«

»Wenn es Ihnen nichts ausmacht.« Sie wirkte abwesend.

»Haben Sie Rabenau erreicht?«

»Wie bitte? … Ach ja, ja habe ich.«

»Frau Jankewicz, Sie wirken bedrückt. Wollen Sie mir erzählen, was los ist?«

»Manni ist nicht auf Arbeit.«

»Nicht? Macht er blau?«

»Er war heute Nacht auch nicht zu Hause. Das Bett, Sie wissen schon …«

»… ist unberührt«, ergänzte ich.

»Manni ist weg!«

Die Nachricht hatte sich wie ein Lauffeuer verbreitet. Auf dem Lehnstuhl in meiner Küche saß Schwester Käthe, und selbst Rabenau hatte seine Baustelle im Stich gelassen.

»Vielleicht ist er ausgerissen?«, überlegte ich.

»So ein Bürschchen«, schimpfte Rabenau.

Frau Jankewicz zuckte zusammen.

Ich erzählte: »Er wollte zur See fahren.«

»Er ist noch keine einundzwanzig«, hielt Schwester Käthe dagegen. »Ohne Einwilligung der Eltern kann er nicht anheuern.«

»Vielleicht war ihm alles zu viel? Die Streitereien zu Hause …«

»Ach was, ein paar Watschen haben noch keinem geschadet!«

»Oder er ist entführt worden«, sprach ich schließlich die schlimmsten Befürchtungen aus. »Denken Sie an den Mob vor einigen Tagen. Und an die anonymen Briefe.«

Meine Untermieterin erbleichte. »Wegen meinem Mann?«

»Aus Rache vielleicht?«

Schwester Käthe schaltete sich ein: »Wer sollte denn den Tod von Hanning rächen wollen? Er hatte keinen Anhang, und die Mutter kann es wohl nicht gewesen sein.«

»Oder als Vergeltung?«

In diesem Moment ertönte die Türklingel. Ich drückte auf den Summer.

Bruno kam die Treppe heraufgehumpelt und verbreitete sein Aroma aus Tabak und miefigen Kleidern. »Verehrtes Fräulein Pastor! Ich war gerade in der Nähe, da wollte ich Sie nicht unberücksichtigt lassen.«

Ehe ich mich versah, hatte er in der Küche Platz genommen. »So viel Besuch heute!«, staunte er. »Aber Sorgen umwölken Ihre Stirn!« Er hatte das Offensichtliche bemerkt.

»Das Leben ist kein Spaziergang«, sagte ich, nachdem ich ihm Brot und Margarine hingestellt hatte.

Bescheiden erkundigte er sich: »Ich störe doch nicht etwa?« Nachdem niemand darauf einging, biss er mit seinen verbliebenen drei Zähnen in das Butterbrot.

»Hat Manni jemand, zu dem er gehen könnte?«, fragte ich.

Frau Jankewicz überlegte. »Vielleicht meine Schwester ... Die wohnt in Hamm. In letzter Zeit gab es wenig Kontakt. Manni hängt sehr an seiner Familie«, fügte sie hinzu. »Auch an seinem Vater.«

»Gibt es denn gar keinen Anhaltspunkt? Manni ist doch oft mit Detlef zusammen, vielleicht weiß der etwas?«

»Detlef ist jetzt in der Schule«, stellte Rabenau fest.

»Hoffentlich«, ergänzte Schwester Käthe trocken.

»Manni hat noch einen anderen Kumpel«, erinnerte ich mich. »Diesen Großen, Stillen, der schon etwas älter ist. Wissen Sie, wie man ihn erreicht?«

Frau Jankewicz zog den Kopf zwischen die Schultern. »Den hat er nie mit zu uns gebracht«, sagte sie leise. »Mein Mann wollte das nicht.«

Von den anderen unbemerkt hatte Bruno ein Kartenspiel aus seiner Tasche geholt und ganz beiläufig zu mischen begonnen.

»Schauen wir erst mal im alten Pfarrhaus nach. In Hannings Haus«, schlug Rabenau vor. »Da waren die Jungen vor ein paar Tagen!«

»Was hatten sie denn da zu suchen?«

Rabenau zuckte mit den Schultern. »Der Hausmeister hat für 'n Moment nicht aufgepasst, und da haben sie die Schlüssel genommen und sind reingegangen. Hat ja auch was, so ein Spukhaus.«

»Jetzt fangen Sie auch noch damit an! Spukhaus!«

»Ich sag ja nur, dass das für die Jungen wie ein Spielplatz ist.«

»Sie suchen einen Jungen!«, sagte Bruno. Langsam und bedächtig deckte er die erste Karte auf.

Mit seinem runzeligen Zeigefinger wies er darauf. »Der Tod«, sagte er mit düsterer Stimme. »Ich sehe den Tod.«

Frau Jankewicz wurde leichenblass. »Nein! Das darf nicht wahr sein!«, kreischte sie.

»Ach was! Wahrsagerei!«, wetterte Schwester Käthe und fegte die Karten vom Tisch. »Weg mit dem Teufelszeug!«

Rabenau drückte auf den Knopf mit der Aufschrift »Pfarramt«. In Kittelschürze und mit einem Kochlöffel in der Hand öffnete Frau Kruse. Es roch nach Kohl und gekochtem Fleisch.

»Wilhelm!«, rief sie in die Wohnung hinein. »Besuch für dich!«

Der Kollege erschien im Korridor. »Was gibt's?«

»Manni ist weg. Wir wollen im alten Pfarrhaus nachschauen, aber keiner von uns hat den Schlüssel.«

»Im Gemeindebüro!«

Kruse wechselte umständlich die Pantoffeln gegen die Straßenschuhe, während Rabenaus Finger nervös auf das Flurschränkchen trommelten. In der Küche klapperte Geschirr.

»Müssen Sie denn nicht arbeiten?«, fragte ich den Dachdecker.

»Ich hab für heute zugemacht!« Für einen selbstständigen Handwerker war das allerhand.

»Und das alles wegen Manni?«

»Ich mache mir Sorgen«, murmelte er. »Man fühlt sich ja doch verantwortlich.«

»Wie macht er sich als Lehrling?«

»Kann ich noch nicht sagen. Ist noch zu kurz nach drei Wochen.«

Endlich war Kruse startklar. »Zum Mittagessen bin ich wieder da, Mutti«, verabschiedete er sich und griff nach dem Autoschlüssel.

Frau Jankewicz, die mit Schwester Käthe vor dem Haus gewartet hatte, kletterte auf den Rücksitz von Kruses NSU Prinz. Noch während die Diakonisse ihren langen Rock auf dem Beifahrersitz sortierte, startete mein Kollege den Motor.

Rabenau und ich gingen zu Fuß. Der Presbyter legte ein derart flottes Tempo vor, dass ich nur mit Mühe mithalten konnte. Kurz nach den anderen trafen wir am Gemeindehaus ein.

»In dieser Schublade müsste der Schlüssel sein«, murmelte Kruse und durchsuchte den Schreibtisch im Gemeindebüro. Doch dort fanden sich nur Stifte neben einem Notizblock und Hustenbonbons.

»Wo ist denn Idschdi?«, fragte ich.

»Idschdi?« Mein Kollege zog die Brauen hoch. »Schwester Gerlach, unser Küster hat Urlaub. Haben Sie das vergessen?«

Ich war mir sicher, dass er selbst der Vergessliche war. Er hatte mich wieder einmal nicht informiert.

»Vielleicht im unteren Fach?«, regte ich an, ohne auf Kruses Einwurf einzugehen.

Schließlich fand Schwester Käthe den Schlüsselbund auf der Arbeitsplatte hinter der Schreibmaschine. »Leichtsinn, ihn so offen liegen zu lassen!«, schimpfte sie.

Draußen hatte sich der Himmel verdüstert. Die kurze Strecke zwischen Gemeindehaus und Hannings Pfarrhaus kam mir vor wie eine Odyssee.

»Wo lebt Hannings Mutter jetzt eigentlich?«, fragte ich, um das Unbehagen zu vertreiben.

»Im Fritz-Heuner-Heim.« Als die Diakonisse meinen fragenden Blick sah, fügte sie hinzu: »Ein kirchliches Altenheim, benannt nach Heuner. Dem Superintendenten während der Nazizeit.«

»Ich warte draußen«, kündigte Frau Jankewicz an.

»Dann bleibe ich auch hier«, sagte Schwester Käthe. Am liebsten hätte ich ihnen Gesellschaft geleistet, um dem Furchtbaren zu entkommen, das wir da drinnen vielleicht entdecken würden.

Doch wie unter Zwang betrat ich das dunkle Treppenhaus. Ein säuerlicher Geruch stieg mir in die Nase, ein Gestank nach Exkrementen und Verwesung, so wie damals in der Zeit, die ich zu vergessen suchte. War der Geruch real oder spielte mir die Erinnerung einen Streich?

Ich hielt den Atem an. Würden wir gleich die nächste Leiche finden?

»Manni! Manni?«, rief Rabenau durch das Treppenhaus, doch nur das Echo hallte von den Wänden wider.

»Der Heizkeller«, sagte Rabenau. Kruse nickte. Hinter den beiden stieg ich die Steintreppe hinab. Ein abgegriffenes Geländer bot trügerische Sicherheit.

»Verfl… wo ist der Lichtschalter?«, hörte ich Rabenau fluchen. Eine einsame Glühbirne an der Decke leuchtete auf.

In den Ecken blieb es dunkel.

»Abgeschlossen!« Das war Kruse. Er probierte verschiedene Schlüssel aus.

Meine Nerven waren zum Zerreißen gespannt. Gott, bitte mach, dass er nicht tot da drin liegt, betete ich still.

Endlich fand mein Kollege das passende Schließwerkzeug und sperrte auf. Kohlenstaub schlug uns entgegen. Durch ein kleines vergittertes Fenster fiel etwas Tageslicht, das den Raum nicht erhellte. Kruse betätigte den Lichtschalter. Wieder flammte eine nackte Birne auf. Jetzt sahen wir, dass der Steinboden relativ sauber war, auch wenn sich Staub darauf abgesetzt hatte. Die Kohlen lagen aufgehäuft in einer Ecke des Raumes hinter einem Bretterverschlag. Im Heizkessel fand sich noch kalte Asche.

Keine Spur von Manni.

»Hier ist niemand«, stellte Rabenau fest.

Mich schauderte, als ich mir vorstellte, was hier passiert war. Ein Mann war ums Leben gekommen. Und irgendjemand hatte den reglosen Körper die Treppe hinaufbefördert und dabei die verdächtigen Spuren hinterlassen.

Ich wandte mich ab und verließ das Kellergeschoss.

Kruse und Rabenau folgten mir.

An der Wohnungstür fand Kruse den passenden Schlüssel schneller. Wieder hielt ich den Atem an, als wir den Flur mit dem abgeschabten Linoleumboden betraten.

Rechter Hand im Wohnzimmer hatte der Leichnam von Hanning gelegen. Diese Tür war geschlossen.

Dafür war der Weg in die Küche frei.

»Da drin sind sie gestorben«, sagte Rabenau in dem Augenblick, als ich über die Schwelle schritt. »Die Lewinskys. 1942, ich war damals noch ein Bub.«

Diffuses Licht fiel durch das kleine Fenster auf die Spüle, deren Email stumpf geworden war.

»Darauf bezog sich Trudi also neulich.«

Es war dumpf und stickig im Raum.

»Woran sind sie gestorben?«, fragte ich, obwohl ich mir nicht sicher war, ob ich das wirklich wissen wollte.

»Selbstmord«, beantwortete Kruse die Frage.

»Wie schrecklich.«

»Die haben sich umgebracht, bevor die Gestapo sie in die Finger bekam und ins Gas schicken konnte. Die Steinwache war damals die Sammelstelle.«

Mir stockte der Atem. Hier im Pfarrhaus hatten während des Kriegs Juden gelebt? Und die Nachbarn hatten von den Deportationen gewusst und nichts unternommen?

»Hat ihnen denn keiner geholfen?«, flüsterte ich. »Ich meine, sie versteckt oder irgendetwas getan, um sie zu retten?«

»Was wissen Sie denn, wie das damals war!«, herrschte Kruse mich an. »Sie waren doch kaum auf der Welt, Sie können sich das alles nicht vorstellen!«

»Mir wird schlecht. Ich muss an die frische Luft«, sagte ich und drehte mich auf dem Absatz um.

Draußen hatte sich eine Menschentraube gebildet. »Jetzt ist auch noch der Junge weg ...«, hörte ich.

»Ich sag ja, da liegt ein Fluch auf dem Haus!« Trudi hatte ihre Trinkhalle im Stich gelassen.

»Alte Unke. Vielleicht ist der Junge einfach ausgekniffen! Hatte genug von seinem Elternhaus. Jetzt, wo der Vater unter Mordverdacht steht ...«, kommentierte Luschinski.

»Das dicke Ende kommt nach, sach ich immer!«

»Halt die Klappe, Trudi!«

Schwester Käthe schirmte Frau Jankewicz ab, so gut es ging. Die blonde Frau schaute mit leerem Blick vor sich hin. Nahm sie ihre Umgebung überhaupt wahr?

»Ihr Mann kommt gleich«, versuchte Schwester Käthe sie zu beruhigen. Doch Frau Jankewicz reagierte nicht.

Ein Streifenwagen fuhr vor. Kellmann und ein junger Mann in blauer Nylonjacke sprangen heraus.

»Platz da. Jetzt kommt die Polizei. Wir durchsuchen das Haus. Keiner darf rein! Das gilt auch für Sie, Luschinski!«

Luschinski grinste. »Da sind schon welche drin!«

Wenig später erschienen Kruse und Rabenau.

Der Presbyter trug ein totes Kaninchen in der Hand.

Damit war das Maß voll. Ich übergab mich in den Rinnstein.

Als ich aufwachte, war es dämmerig im Raum. Irgendwie musste ich es in mein Pfarrhaus geschafft und mich auf die Couch im Wohnzimmer gelegt haben. Oder jemand hatte mich begleitet und auf das Sofa gebettet.

Ich hörte, wie sich ein Schlüssel im Schloss drehte.

»Hallo?«, rief ich. Merkwürdigerweise hatte ich nicht einmal Angst. Für einen unsinnigen Augenblick hoffte ich, Luschinski würde den Raum betreten.

Stattdessen zeigte sich die füllige Gestalt von Schwester Käthe im Türrahmen. »Fräulein Gerlach? Geht es Ihnen besser?«

»Ein wenig.« Ich senkte meine schweren Lider wieder.

Die Diakonisse zog sich einen Sessel heran. Etwas Kaltes berührte meine Lippen, Glas oder Porzellan. »Trinken Sie!«, befahl sie, und weil ich keinen Widerstand leisten konnte, schluckte ich die lauwarme Flüssigkeit. Kamillentee.

»Hier, bitte!« Sie reichte mir einen Apfelschnitz. »Essen Sie! Sie dürfen jetzt nicht schlappmachen!«

Ich richtete mich auf. »Wie spät ist es überhaupt?«

»Gleich fünf. Sie haben tief und fest geschlafen.«

Dunkel erinnerte ich mich an meinen Traum, in dem ein großer bedrohlicher Mann mit geballter Faust auf mich zugetreten war. Ich hatte in seinem Haus nach einer Leiche gesucht. Ich wusste, dass er sie dort versteckt hatte, aber er sagte mir nicht, wo. Schließlich kam ich an die letzte Tür und steckte den Schlüssel in das Schloss.

Doch er ließ sich nicht drehen.

Weinend rüttelte ich an der Klinke. Nichts bewegte sich. Der Mann kam immer näher, doch plötzlich wirkte er nicht mehr bedrohlich. Sein Gesicht zeigte einen sanften Ausdruck, er hielt mir einen weiteren Schlüssel entgegen. Bevor ich zugreifen konnte, hatte er sich in Luft aufgelöst.

Jetzt fiel mir auch wieder ein, was passiert war. »Haben sie ihn gefunden?«

»Manni? Bis jetzt nicht.« Sie reichte mir noch einen Apfelschnitz.

»Kruse lässt Ihnen ausrichten, dass er Sie heute Abend in der Bibelstunde vertritt, wenn Sie unpässlich sind!«

Das weckte meine Lebensgeister. Ich setzte einen Fuß auf den Boden.

»Kommt gar nicht in Frage!«, sagte ich, schwang die Beine vom Sofa und stand auf. »Mir geht es schon wieder viel besser!«

Weit öffnete ich das Fenster. Die Frühlingsluft strömte herein.

Auf dem Schulhof hatten Kinder Quadrate auf das Pflaster gemalt und hüpften von einem Kästchen zum nächsten.

Das Leben ging weiter. Trotz allem.

DREIZEHN

»Bitte schlagen Sie Lukas auf. Kapitel fünfzehn«, eröffnete ich die Stunde und machte mich daran, die Bibeln an die etwa ein Dutzend Anwesenden zu verteilen. Passend zur aktuellen Situation hatte ich die Geschichte vom Verlorenen Sohn ausgewählt.

Zögernd nahm Kaminski mir eines der schweren Bücher ab. Alle anderen rührten sich nicht.

Unschlüssig sah ich in die Runde. Rabenau und Frau Jankewicz sahen zu Boden.

Kruse schüttelte den Kopf und sagte: »Schwester Gerlach, heute will niemand Ihre Bibelarbeit hören. Die Leute haben andere Sorgen.«

»Aber gerade deshalb …« Angesichts des Blicks von Schwester Käthe verstummte ich.

»Lasst uns beten«, bestimmte die Diakonisse und wartete, bis alle die Hände gefaltet hatten.

»Breit aus die Flügel beide, oh Jesu, meine Freude, und nimm dein Küchlein ein«, sagte sie mit ihrer tiefen Stimme. »Will Satan mich verschlingen, so lass die Englein singen: ›Dies Kind soll unverletzet sein!‹ Hilf, Herr Jesus! Amen!«

»Amen«, bekräftigten die Versammelten.

Unbehaglich rutschte Rabenau auf seinem Stuhl herum.

»Wer hat Manni zuletzt gesehen?«, fragte Kruse in die Stille hinein.

»War er die letzten Tage in seinem Verein zum Kicken?«

Frau Jankewicz nickte. »Der Trainer hat ihn noch gelobt. Er hätte sich gut gemacht in letzter Zeit.«

»Und gestern bei der Arbeit?«

»Da war er auch«, bestätigte Rabenau.

»Was hat er danach gemacht?«

»Ich glaube, er war mit seinen Kumpels unterwegs«, sagte Fräulein Kreuter. »Zum Abendbrot war er nicht zu Hause.« Ihre Mutter saß stumm daneben.

»Hat ihn danach noch jemand gesehen?«

Frau Jankewicz schüttelte den Kopf.

Fräulein Kreuter erläuterte: »Er hatte einen eigenen Schlüssel, und wir haben nicht immer kontrolliert, wann er kommt und geht.«

»Vielleicht sollten wir die Kumpels mal fragen«, überlegte Kruse.

»Ich schau mal nach, wer im Jugendkeller ist!«

Kruse nickte Rabenau zu. Die beiden Männer erhoben sich.

»Was sagt eigentlich der Kommissar?«, wollte ich wissen, nachdem sie den Raum verlassen hatten.

»Sie haben alles durchsucht. Das Pfarrhaus, das Gemeindehaus, den Westpark …«, antwortete Kaminski. »Wir sind alle mitgekommen, haben nach Manni gerufen. Keine Antwort. Kein Lebenszeichen. Morgen geht es weiter. Alle Mann machen mit.«

»Wann kommt Idschdi zurück? Der kennt sich doch auf dem Gelände am besten aus.«

Kaminski bemerkte: »Merkwürdiger Zufall, dass der Junge gerade dann verschwindet, wenn der Hausmeister weg ist.«

Wieder breitete sich das Schweigen aus. Ich dachte an das Gespräch zwischen Kruse und Rabenau, das ich vor einigen Tagen zufällig belauscht hatte und in dem es eindeutig um den Hausmeister ging. War Idschdi in die Ereignisse verwickelt?

Wenig später kehrten mein Kollege und der Presbyter zurück in den Gemeinderaum, gefolgt von Detlef Rabenau und einem Mädchen mit dünnem Pferdeschwanz, das ich nicht kannte.

Kruse schob Detlef in die Runde: »So. Jetzt erzähl mal alles, was du weißt.«

»Ich sag doch, ich hab nichts damit zu tun! Ich weiß gar nichts!«, protestierte der Junge.

»Wann hast du Manni das letzte Mal gesehen?«

»Ist schon ein paar Tage her.«

»Gestern also nicht?«

Detlef schob die Unterlippe vor. »Nee«, nuschelte er.

»Hast du dich nicht gewundert, dass er nicht kam?«

»Er ist doch jetzt in der Lehre, da kommt er nicht mehr so oft.«

»Ihr wart doch neulich im Pfarrhaus von Hanning. Was habt ihr da gemacht?«

»Gar nichts!«

Kruse war unerbittlich. »Das kann nicht sein. Ihr habt den Schlüssel genommen und seid unbefugt eingedrungen. Habt ihr etwas gestohlen?«

Detlef wand sich. »Wir wollten nur wissen … was da los ist in dem Haus …«

Das Mädchen, das mit Detlef den Raum betreten hatte, schaltete sich ein. »Die Trudi sagt doch immer, da spukt es.« Sie gestikulierte so lebhaft, dass ihr Pferdeschwanz wippte.

»Und da wolltet ihr nachsehen, ob das stimmt?«, kam Rabenau seinem Sohn zu Hilfe.

Der nickte.

Kruse bohrte weiter: »Wer war noch alles dabei?«

»Manni. Und sein Kumpel. Der Vanni.«

»Vanni heißt er?«

»Eigentlich Giovanni.«

»Und du.«

»Ja«, sagte er kleinlaut.

»Keines von den Mädchen?«

»Ach was. Die hatten Schiss!« Jetzt klang Detlef selbstbewusster.

»Wir sind draußen geblieben«, sagte das Mädchen. »Wir haben aufgepasst, dass keiner kommt.«

»Wo im Haus wart ihr?«

Detlef zuckte mit den Schultern. »Überall. Im Keller und im Wohnzimmer. Da, wo der tote Pastor gelegen hat.«

»Wie lange habt ihr euch dort aufgehalten? Länger als eine Stunde?«

Das Mädchen schüttelte den Kopf, und wieder wippte ihr Pferdeschwanz. »Die haben auch Schiss gehabt. Die sind ganz schnell wieder rausgekommen. Detlef war ganz grün im Gesicht! So eine Angst hatten die.«

»Seid ihr zufällig über ein totes Kaninchen gestolpert?«, fragte ich und sah Detlef in die Augen. »Eines, das womöglich erst da lag, nachdem ihr im Haus wart?«

Detlef senkte schuldbewusst den Kopf.

»Wie geht es Ihnen?« Wir waren auf dem Rückweg durch den Park. Im Schutz der Dunkelheit ließ es sich leichter reden.

»Nicht gut«, sagte Frau Jankewicz.

»Vermissen Sie ihn?«, fragte ich.

Sie antwortete nicht. Wenige Schritte vor uns hatte Fräulein Kreuter den jungen Lehrer untergehakt. Vielleicht wurde aus den beiden doch noch ein Paar.

Frau Jankewicz stolperte auf dem unbeleuchteten Weg. Ich stützte sie.

»Wusste Ihr Mann von dem Verhältnis?«

Abrupt blieb sie stehen. »Mein Mann hat mit der Sache nichts zu schaffen!«, sagte sie heftig. »Er ist unschuldig. Das schwöre ich!«

»Aber wusste er denn, dass Sie und der Pastor …?«

»Das ist die Strafe Gottes«, murmelte sie. »Die Strafe für unsere Sünden.«

»Was meinen Sie damit?«

Der junge Lehrer und Fräulein Kreuter waren mittlerweile außer Hörweite.

»Der Mann verliert die Arbeit. Der Sohn ist weg. Die Strafe Gottes.«

»Haben Sie Ihre Schwester schon angerufen und gefragt, ob Manni dort ist?«

»Er war so ein feiner Mann. Er hat mir zugehört. So hat noch keiner mit mir geredet.« Ihre Stimme klang trostlos. »Wir hätten das nicht tun dürfen. Es war gegen die Gebote. Er musste sterben deshalb.«

»Weshalb? Was wissen Sie? Wer hat dem Pastor das angetan, wenn Ihr Mann nichts damit zu tun hat?«

»Wir haben die Ehe gebrochen. Die Strafe Gottes«, wiederholte sie mit tonloser Stimme.

Zwei Katzen in der Nähe fauchten sich an.

»Frau Jankewicz!« Ich berührte ihre Schulter. Sie hielt den

Kopf gesenkt. »Gott ist ein Gott der Gnade«, sagte ich. »Er vergibt, wenn wir bereuen.«

»Bereuen? Was bereuen?« Sie dehnte die Worte. »Was denn bereuen?«

»Ich dachte nur, weil Sie gesagt haben …«

Sie hörte mir gar nicht zu.

»Manni!«, heulte sie laut auf. »Manni! Manni!«

VIERZEHN

Am nächsten Morgen war ich nicht die Erste im Gemeindesaal, obwohl die Glocke gerade erst sieben Uhr geschlagen hatte.

»Alle Mann los, immer zu zweit«, kommandierte Kellmann. »Durchkämmt alles noch mal: den Park, die Kirche, das Pfarrhaus, die ganze Umgebung.« Er hatte Verstärkung mitgebracht. Drei Polizisten in Uniform und der Assistent mit der Nylonjacke warteten auf ihren Einsatz. Dazu kamen Kruse, Rabenau, ein blass aussehender Jankewicz und ein Mann aus der Siedlung, den ich nicht kannte. »Immer ein Polizist und ein Bürger zusammen. Ich bleibe hier, leite den Einsatz und bewache das Telefon.«

Sein Blick fiel auf mich. »Sie können derweil Kaffee kochen«, sagte er. »Und Schnittchen schmieren. Die Männer sind hungrig, wenn sie wiederkommen.«

Empört schnappte ich nach Luft. Doch ein Blick auf Kruse ließ mich verstummen. Er wartete nur darauf, dass ich mich mit dem Kommissar anlegte.

Nachdem die Männer den Raum verlassen hatten, griff ich demonstrativ zur Zeitung. Sollte Kellmann sich seinen Kaffee doch selbst kochen.

»Lehrling vermisst«, las ich im Lokalteil der RuhrRundschau. »Wer hat Manfred Jankewicz gesehen? Von dem fünfzehnjährigen Lehrling Manni fehlt seit gestern jede Spur. Die Suche im Westpark verlief ergebnislos. Auch in dem Pfarrhaus, in dem vor wenigen Wochen der Pastor unter ungeklärten Umständen starb, fand sich keine Spur. Hinweise auf Mannis Aufenthaltsort nimmt die Polizei in Dortmund entgegen.«

Neben dem Artikel war ein etwas unscharfes Foto von Manni abgebildet.

»Aha. Deshalb bewacht der Kommissar das Telefon«, murmelte ich halblaut. »Für die Hinweise.«

»Was haben Sie gesagt, Fräulein Gerlach?«, fragte Kellmann.

»Nichts weiter. Haben Sie schon herausgefunden, wer die Drohbriefe geschrieben hat?«

»Jetzt geht es erst einmal darum, den jungen Mann zu finden. Eine Sache von Leben und Tod!«, belehrte Kellmann mich und steckte sich eine Zigarette an. Tief inhalierte er den Rauch und stieß ihn dann wieder aus, genau in meine Richtung. »Hat sich übrigens der Mörder bei Ihnen gemeldet?«

»Wie bitte?«

»In Ihrer feurigen Ansprache auf der Beerdigung haben Sie ihn doch dazu aufgefordert. Da dachte ich, er wäre vielleicht gekommen, um zu beichten«, stichelte er.

Ich stemmte die Hände in die Hüften und öffnete den Mund zu einer Erwiderung.

Doch Kellmann kam mir zuvor. »Gibt es nichts zu trinken hier?« In Ermangelung eines Aschenbechers drückte er die Zigarette im Blumentopf aus.

In diesem Moment betrat Schwester Tabea den Raum. »Guten Morgen, Herr Kommissar! Darf ich Ihnen etwas anbieten?«

Kellmann nickte erfreut. »Einen Bohnenkaffee, bitte! Frisch aufgebrüht, mit Milch und Zucker!«

Ich folgte der jungen Diakonisse in die Küche. Sie setzte den Wasserkessel auf den neuen Elektroherd.

»Schwester Tabea«, begann ich. »Wie gut kannten Sie den verstorbenen Pastor Hanning?«

Die Schwester holte ein Päckchen mit Kaffeepulver aus dem Schrank. »Ich wüsste nicht, was Sie das angeht«, erwiderte sie schnippisch.

Ich blieb ruhig. »Dann sage ich es Ihnen: Ich bin als Pastorin Ihre Chefin.«

Das stimmte nicht ganz. Kruse war rein formal gesehen der Vorgesetzte. Doch Schwester Tabea schien mir zu glauben.

»Man sollte von den Toten nur Gutes erzählen. Aber ganz unter uns, die Predigten von Herrn Pastor Kruse gefielen mir besser«, erklärte sie und drehte mir den Hinterkopf mit dem weißen Häubchen zu. Wie schaffte sie es, dass diese gestärkte Kopfbedeckung strahlte wie frisch gebleicht? Mein neuer heller Diolen-Mantel zeigte schon wieder den typischen Kohlenpott-Grauschleier.

»Aber als Mensch war Hanning doch sehr nett, oder?«

»Gewiss. Doch er hatte auch seine Schwächen. Große Schwächen sogar.«

»Welche zum Beispiel?«

Die junge Diakonisse goss heißes Wasser durch den Filter.

»Darüber möchte ich lieber nicht sprechen.«

Bevor ich etwas erwidern konnte, flog die Tür auf.

»Tach auch!«, rief Luschinski munter. »Hier riecht's nach Kaffee!«

»Ja, endlich! Das wurde aber auch Zeit!«, rief Kellmann vom Flur her. Dann, mit Blick auf den Reporter: »Ach, der Herr Langschläfer ist auch schon da. Sie sind spät dran, mein Lieber! Die Suchtrupps sind längst unterwegs!«

»Dann werde ich wohl auch wieder gehen. Allerdings nicht ohne die junge Dame hier!«

Er wies auf mich. Galant bot er mir den Arm.

Ich zog den Mantel über und folgte ihm.

Vor Hannings Pfarrhaus blieben wir stehen.

»Ich erzähle Ihnen jetzt eine Geschichte«, begann der Reporter mit einer für ihn ungewöhnlichen Ernsthaftigkeit. »Die Geschichte dieses Hauses. Eine tragische Geschichte. Sehen Sie dort, im Erdgeschoss, die zurückgesetzte Mauer?«

Ich nickte.

»Da waren mal Fensterscheiben drin. Früher, vor dem Krieg. Schaufenster. Hier war ein Gemischtwarenladen, der gehörte den Lewinskys. Alle in der Siedlung kauften hier ein: Werkzeug, Schüsseln, Glühbirnen, was man so braucht im Haushalt. Das Geschäft lief gut. Bis Hitler an die Macht kam. Eines Morgens stand plötzlich ein SA-Mann vor dem Laden. Er hielt ein Schild hoch: ›Hier kauft man nicht. Das ist ein Judenladen!‹ Als Lewinsky das gesehen hat, ist er ganz blass geworden, hat die Zähne aufeinandergebissen, und dann hat er vor sich hin geflucht.«

»Woher wissen Sie das alles so genau?«

»Meine Mutter hat es mir erzählt. Ich war ja noch ein kleiner Junge damals. Sie hat im Laden gearbeitet. Sie hatte dort gelernt und später immer mal wieder ausgeholfen. Jedenfalls, meine Mutter war an dem Tag auch im Geschäft. Sie wurde dann vor Gericht geladen und sollte bezeugen, dass Lewinsky die SA beleidigt habe. Er soll gesagt haben: ›Die Hitlerbande, das sind alles Lumpen.‹ Das hat sie abgestritten. Den Lewinsky haben sie trotzdem verhaftet und auf die Steinwache gebracht, aber nach ein paar Tagen kam er wieder frei.«

»Auf die Steinwache?«

»Das war im Krieg das Gestapo-Gefängnis. Es liegt nördlich vom Bahnhof. Dort haben sie die Juden gesammelt und später abtransportiert. Jedenfalls, am Anfang der Nazizeit, also 1933, war die Polizei noch besser. Sie war nicht immer auf Seiten der SA. Später war dann alles gleichgeschaltet. Als sie Lewinsky wieder freigelassen hatten, änderte sich alles. Die Leute kauften weniger in seinem Laden, aus Angst oder aus Feigheit. 1936 wurde der Laden geschlossen, mit der Begründung, es mangele an Sauberkeit. Dabei war dort immer alles blitzblank. Lewinskys hatten eine Tochter, die war damals schon erwachsen. Sie sollte einmal alles erben, das Haus und den Laden. Die Tochter war verheiratet und arbeitete ebenfalls im Laden. Die Lewinskys wollten sowieso bald aufhören. Sie waren ja auch schon über sechzig. Die Tochter ist mit ihrer Familie dann raus, gerade noch rechtzeitig, 1938, in Richtung Holland. Nach Amsterdam wollten sie. Das Geld hatten sie vom Rabenau.«

»Vom Rabenau?«

»Ja, vom alten Rabenau. Rabenaus Vater. Er hat ihnen das Geld für das Haus gegeben.«

»Also hat er den Lewinskys das Haus abgekauft?«

»Kann man so sagen, ja. Für 'n Appel und 'n Ei.«

»Dann hat der alte Rabenau aus Lewinskys Unglück Kapital geschlagen?«

Luschinski legte mir die Hand auf den Rücken. »Schauen Sie, Fräulein Gerlach. Das waren andere Zeiten damals. Das war üblich so. Man kaufte den Juden ihr Eigentum ab, bevor es ihnen weggenommen wurde. Und man zahlte so viel, wie man erübrigen konnte. Nicht Rabenau hat Lewinskys Existenz zerstört, sondern die Nazis.«

Plötzlich wurde ich wütend. »Ach ja. Und wer waren die Nazis? Etwa Astronauten? Nicht die Leute, die hier lebten? In dieser Stadt, in diesem Land?«

Die Nazis. Die sollen immer an allem schuld gewesen sein. Doch wer hatte sie gewählt? Wer hatte zugelassen, dass sie an die Macht kamen? Wer war verantwortlich? Für den Krieg? Für das Elend, den Hunger, die Flucht? Für all die toten Menschen? Die zerstörten Seelen, die vernichteten Leiber? Für den Tod meines Vaters? Den Tod meines Bruders?

Unwillkürlich war der Reporter einen Schritt zurückgewichen.

Ich riss mich zusammen. »Entschuldigung. Erzählen Sie weiter, bitte.«

»Der alte Rabenau hat sich im Grunde anständig verhalten. Die Lewinskys durften in dem Haus bleiben, mit Wohnrecht auf Lebenszeit. Sie wollten nicht mit der Tochter ins Ausland. ›Einen alten Baum verpflanzt man nicht‹, sagte der alte Lewinsky immer. Wahrscheinlich haben sie nicht geglaubt, dass ihnen wirklich was passiert. Aber die Situation wurde zunehmend bedrohlich. Die alten Leute trauten sich nicht mehr aus dem Haus, hat meine Mutter erzählt. Sie hat sie manchmal noch besucht. Heimlich, abends. Einmal hat sie den Pastor dort getroffen.«

»Welchen Pastor?«

»Kruse. Damals hatte er gerade hier angefangen. Er kam als junger Mann in die Siedlung.«

»Und Kruse hat die Lewinskys besucht? Juden? Obwohl das gefährlich war?«

»Kruse war nicht für die Nazis. Bei dem anderen Pastor, der damals hier war, wusste man das nicht so genau. Er hatte enge Kontakte zu einem Unternehmer, der der Partei nahestand. Mal vorsichtig ausgedrückt. Dieser Unternehmer hat der Gemeinde einiges gespendet. Für das Gemeindehaus zum Beispiel.« Er lachte. »Wie heißt es doch so schön? Geld stinkt nicht.

Kruse war anders. Der hat sich nicht angebiedert. Der sagte, was er dachte.«

Ich musste den Reporter ungläubig angeschaut haben, denn er fuhr fort. »Das hätten Sie ihm nicht zugetraut, was? Diesem Kerl mit den frauenfeindlichen Sprüchen?«

Ich schüttelte den Kopf.

»Jede dunkle Wolke hat einen silbernen Rand«, sagte Luschinski philosophisch und legte die Hände um die Kamera, die wie immer vor seiner Brust baumelte. Er sah mich an, und wieder zwinkerte er wie … ja, wie mein Vater früher, wenn er mir seine Lebensweisheiten mitteilte. Diese Erkenntnis traf mich wie ein Blitzschlag.

In Gedanken hörte ich Vaters raue Stimme: »Es ist alles nicht so schlimm, wie es scheint.« Leider war es doch so schlimm geworden. Sogar noch schlimmer. Ich war dorthin gelangt, wo die Nacht am dunkelsten ist.

Lange hatte ich gebraucht, bis ich wieder Leben in mir spürte. Seither betrachtete ich das Leben als Geschenk. Einer der Gründe, warum ich mich für den Beruf der Pastorin entschieden hatte.

»Fräulein Gerlach?«

»Entschuldigung«, sagte ich ein weiteres Mal. »Was haben Sie gesagt?«

»Jedenfalls hat Kruse die Lewinskys regelmäßig besucht. Soweit ich weiß, haben sie sich später sogar taufen lassen.«

»Wegen Kruse?«

»Wer weiß? Vielleicht haben sie gehofft, dadurch ihre Haut zu retten. Aber die Nazis hatten es ja nicht so mit der Religion. Denen ging es um die Rasse. Jedenfalls sickerte allmählich durch, was mit den Juden passierte. Als die Lewinskys den Bescheid bekamen, sie sollten zur Steinwache, hatten sie die schlimmsten Befürchtungen. Er war damals auch schon an die siebzig und hat gesagt: ›Lieber sterbe ich zu Hause.‹ Und dann haben sie sich gemeinsam vergiftet.«

»Was für eine traurige Geschichte!«

»Allerdings.«

Schweigend blieben wir vor dem Unglückshaus stehen, versunken in Gedanken an die Vergangenheit.

Geräusche aus dem Inneren schreckten uns auf. Rabenau trat mit einem der Uniformierten vor die Tür. Sein Gesicht wirkte eingefallen. Unter den Augen waren dunkle Tränensäcke sichtbar.

Entmutigt zuckte der Dachdecker mit den Achseln. »Wir haben nichts gefunden, keine Spur, gar nichts. Mir war eingefallen, dass wir gestern nicht auf dem Dachboden nachgeschaut haben. Da gibt es ein Versteck.«

Sie müssen sich ja auskennen in dem Haus, lag mir auf der Zunge. Doch ich hielt mich zurück.

»Aber dort war er auch nicht. Da war überhaupt nichts.«

Die beiden entfernten sich.

»Wann wurde das Haus erbaut?«, fragte ich Luschinski, als sie außer Hörweite waren.

»Um die Jahrhundertwende.«

»Es ist nicht zerstört worden im Krieg, oder?«

»Nein.«

»Und seit wann wird es als Pfarrhaus genutzt?«

»Seit Anfang der fünfziger Jahre, glaube ich. Rabenau hat es der Kirche vermacht. Der alte Rabenau.«

»Lebt er noch?«

»Nein. Er ist vor zwei Jahren gestorben. An Krebs.« Luschinski streckte sich und gähnte. »Gehen wir?«

»Na, was macht die Mörderjagd?«

»Trudi, hör auf mit deinen Späßen. Sag lieber, ob du Manni in den letzten Tagen gesehen hast. Manni Jankewicz.«

»Der ist noch immer weg, was? Da waren schon zwei hier heute Morgen und haben nachgefragt. Ob den wohl der Vater versteckt hat? Damit er nicht petzt?«

»Wie, petzt?«, fragte ich dazwischen.

»Die halten doch zusammen in der Familie. Die Frau hat auch für den Alten ausgesagt. Obwohl er auf ihr rumprügelt.«

»Das ist unlogisch, Trudi«, wandte Luschinski ein. »Wenn sie zusammenhalten, dann petzt der Junge auch nicht.«

»Stimmt, hast recht. Trotzdem.«

Luschinski gönnte sich ein Bier, während ich eine Flasche Brause leerte. Die Getränke dienten als Vorwand zum Austausch von Klatsch und Tratsch. »Wann hast du Manni denn nun das letzte Mal gesehen, Trudi?«

»Hömma, Luschinski. Ich achte doch nicht drauf, wer hier vorbeigeht. Reicht mir, dass ich die Kundschaft im Blick habe.«

»Soso. Gut, dass fast alle bei dir einkaufen, was?«

Ich stand neben dem Reporter im Verkaufsraum und lauschte dem Geplänkel. Vor der Bude hingen die üblichen traurigen Gestalten mit den Flaschen herum.

»Und hast du vielleicht auch eine Idee, wo er den Jungen versteckt haben könnte?«, nahm Luschinski den Faden wieder auf.

»Bin ich ein Orakel, oder wat?«

»So viel, wie du immer mitkriegst!«

»Ich sach nur: der Bunker. Da würd ich als Erstes mal nachschauen.«

Luschinski leerte seine Flasche mit einem Zug und knallte sie auf die Theke. »Danke für den Hinweis. Na, dann wollen wir mal.«

Ich kramte Kleingeld aus meiner Börse in der Handtasche, doch Trudi winkte ab. »Nee, lasst mal. Das geht aufs Haus heute.«

»Interessante Idee«, meinte der Reporter im Weggehen.

»Das mit dem Bunker? Wo steht der überhaupt?«

»An der Westseite vom Westpark. Ritterhausstraße. Direkt am Marktplatz. Haben Sie den noch nie bemerkt?«

Ich schüttelte den Kopf. »Und was halten Sie von der Theorie, dass Jankewicz hinter dem Verschwinden von Manni steckt?«

»Mhm. Möglich wäre das.«

»Warum beteiligt er sich dann an der Suche?«

»Wie sähe das aus, wenn er es nicht täte? Nur mal angenommen, Manni ist tatsächlich entführt worden. Dann doch wahrscheinlich von jemand aus der Siedlung. Vielleicht sollten wir darauf achten, wer besonders eifrig dabei ist.«

»Rabenau«, sagte ich spontan.

»Rabenau? Was hätte der denn für einen Grund? Seinen Lehrling entführen, einen Kumpel seines Sohnes?« Luschinski runzelte die Stirn. »Dann schon eher Kaminski. Zumindest als Mörder von Hanning käme er in Frage.«

»Warum?«

»Hanning ist mit dafür verantwortlich, dass Kaminski unehelich geblieben ist. Schon mal überlegt, dass ihn diese Tatsache seinen Anteil vom väterlichen Erbe gekostet hat? Als Bastard geht er leer aus.«

Ich erwiderte nachdenklich: »Und was hätte er davon gehabt, seinen Halbbruder umzubringen? Der Vater ist schließlich tot. Schon seit einiger Zeit. Das Erbe ist längst aufgeteilt.«

»So lange nun auch wieder nicht. Kaminski könnte sich noch Chancen ausgerechnet haben. Vielleicht hat er auch an Hannings Gerechtigkeitssinn appelliert, und dann war die Enttäuschung umso größer. Die Tat muss gar nicht mal geplant gewesen sein. Totschlag im Affekt. Er muss ja nur die Tür im Heizkeller zugehalten haben.«

»Und er müsste die Leiche die Treppe hinaufgeschleift haben. Dieser schmächtige Mann! Außerdem wollte Hanning sich doch zu ihm bekennen, später!«

»Sagt Kaminski. Welchen Beweis haben wir dafür?«

Mir fiel ein, dass der Reporter von Kaminskis Verwandtschaft mit Hanning eigentlich nichts wissen konnte. »Woher kennen Sie Kaminskis Familiengeschichte? Ich habe sie Ihnen jedenfalls nicht erzählt.«

Luschinski zuckte mit den Achseln. »Ich kenne sie halt.«

»Kaminski ist ein Netter. Ich kann mir das nicht vorstellen.«

»Stille Wasser sind meist tief.« Luschinski schritt kräftig aus.

»Und weshalb sollte er den Jungen entführen?«

»Wer weiß? Vielleicht hat der Junge etwas beobachtet, was ihn entlarven würde. In dem Moment, wo der Verdacht auf Mannis Vater fällt, wird Manni Kaminski nicht mehr schützen. Da hilft auch der Respekt vor dem Lehrer nicht.«

Diese Überlegung hatte etwas für sich. Während ich noch darüber nachdachte, fuhr Luschinski fort: »Meist ist die naheliegende Lösung dann doch die richtige. Ich tippe auf Jankewicz. Wenn die Familie tatsächlich so gut zusammenhält, wie Trudi behauptet. Vielleicht steckt die Tochter mit drin? Sie könnte die anonymen Briefe geschrieben haben. Sie arbeitet doch im Büro, oder? Das wäre die perfekte Tarnung für den Vater.«

»Sie meinen Fräulein Kreuter?«

»Heißt sie so? Nach dem Krieg hätte man sie Veronika Dankeschön genannt.«

»Veronika Dankeschön? Warum das?«

»Abkürzung V.D. Anderes Wort für Veneral Disease. Geschlechtskrankheit.«

Ich räusperte mich laut und vernehmlich.

»Verzeihung, Fräulein Pastor! War nicht böse gemeint!« Er zwinkerte.

»So, da wären wir.«

Luschinski wies auf ein zweistöckiges graues Gebäude am Rand des Parks. Es wirkte massiv, entsprach aber nicht meiner Vorstellung von einem Bunker. Außerdem hatte es Fenster.

Natürlich hatte ich das Haus vorher schon gesehen, jedoch es nicht mit seiner früheren Funktion in Verbindung gebracht. »Hier?«, fragte ich erstaunt. »Ich dachte, bei Bunkern handelt es sich um unterirdische Anlagen.«

»Die gab's auch. Dieser hier lag über der Erde, und dann wurde er auch noch umgebaut.«

»Museum« war auf einem Schild zu lesen, doch die Tür war verschlossen. »Das sieht mir nicht nach einem guten Versteck aus. Da sind doch ständig Leute unterwegs.«

»Es gibt sicher Kellerräume«, meinte Luschinski wenig überzeugt. »Aber ich glaube auch, dass es das nicht ist. Früher haben die Kinder hier gespielt. Vielleicht hat Trudi daran gedacht?« Er drehte sich um. »So langsam kriege ich Hunger.«

»Wir können ja mal schauen, was es im Gemeindehaus gibt. Hoffentlich muss ich nicht doch noch Schnittchen schmieren. Damit hat mich der Kommissar beauftragt.«

Luschinski zwinkerte. »Das werden die Diakonissen schon erledigt haben.«

FÜNFZEHN

»Schichtwechsel!«, stellte Luschinski fest, als wir in den Gemeindesaal kamen. Tatsächlich befanden sich genauso viele Menschen dort wie am Morgen. Allerdings andere.

»Schwester Gerlach!« Superintendent van Diecken hatte das Gebäude kurz nach uns betreten. »Wie ich sehe, haben Sie bereits Anschluss gefunden.« Lag da ein Hauch von Missbilligung in seiner Stimme? Befürchtete er, eine seiner Pastorinnen durch Eheschließung zu verlieren? Es hieß, van Dieckens Frau habe ebenfalls Theologie studiert. Nun kümmerte sie sich um die Familie und hielt Frauenhilfsstunden in der Gemeinde.

Ein kräftiger junger Mann stand auf und zerquetschte mir beinahe die Hand. »Ich bin der Jürgen«, sagte er, »Mannis Trainer.« Er biss in ein mit Schinken belegtes Brot. Schwester Tabea schenkte Saft und Kaffee aus.

»Wann haben Sie ihn zuletzt gesehen?«, fragte ich automatisch.

»Vorgestern. – Nein, am Dienstag«, verbesserte er.

Neben ihm saß Kaminski. »Guten Tag, Fräulein Gerlach«, grüßte er höflich und erhob sich.

»Ist die Schule schon aus?«, erkundigte ich mich.

»Wir haben heute früher geschlossen. Alle helfen suchen.«

»Und wo sind dann Ihre Schüler?« Ich sah mich um.

»Unterwegs. Ein paar suchen das Schulgelände ab. Einige haben sich aufgemacht und schauen bei den Schrebergärten und in den Lauben nach.«

»Aha. Und wo sucht Detlef?«

»Detlef sucht nicht. Er sagte, er muss nach Hause, nach der Mutter sehen. Die Schwester kommt heute erst am späten Abend.«

»Glauben Sie ihm das etwa? So ein Früchtchen.«

Kaminski kaute an seinem Wurstbrot und erwiderte nichts.

»Wo ist eigentlich der Junge, der immer mit Manni und Detlef herumlief? Der Große, etwas Ältere?«

Jürgen schaltete sich ein. »Giovanni. Früher war er in der Mannschaft. Jetzt nicht mehr. Ein Einzelgänger.«

»Hat ihn in letzter Zeit jemand gesehen? Vielleicht hat er etwas mit Mannis Verschwinden zu tun?«

»So ein Unsinn!«, widersprach Kaminski energisch und nahm sich das nächste Brot. »Dann hätten wir ihn sicher schon gefunden. Giovanni ist nicht besonders helle. Er hätte fast seinen Abschluss nicht geschafft. Der packt so etwas gar nicht.« Er knallte die Tasse auf den Tisch.

Ich sah den sonst so sanften Mann erstaunt an. Plötzlich entwickelte er Temperament. Wäre er im Affekt zu einer Gewalttat fähig?

Er sank wieder in sich zusammen. »Entschuldigung«, murmelte er. »Die Jungen haben mir zeitweise viel Ärger bereitet. Besonders Detlef. Er war der Rädelsführer.«

Ich nickte und blickte mich nach Luschinski um. Seine spöttischen Kommentare fehlten mir.

Aus dem Augenwinkel beobachtete ich, wie Kruse sich an Superintendent van Diecken wandte. Kurz darauf kamen die beiden Herren auf mich zu. »Schwester Gerlach? Im Gemeindebüro wartet ein Ehepaar. Sie wollen ihr Kind taufen lassen. Könnten Sie sich bitte darum kümmern?«

Kruse ergänzte vorwurfsvoll: »Sie sagen, das Taufgespräch hätte um vierzehn Uhr bei Ihnen im Pfarrhaus stattfinden sollen. Jetzt ist es schon nach halb drei.«

Ich schluckte. Tatsächlich hatte ich den Termin vergessen. Und der Superintendent erfuhr nun von meiner Nachlässigkeit. Unsicher sah ich zu ihm hinüber, doch er nickte mir freundlich zu. »So etwas kann passieren. Vor allem im Moment, bei der Aufregung. Sie können das Versäumte jetzt ja nachholen.«

»Bei der Suche können Sie uns ohnehin nicht helfen«, setzte Kruse nach.

Ich erhob mich und machte mich auf den Weg zum Gemeindebüro. Meinem Kollegen warf ich einen vernichtenden Blick zu.

»Ja. Ja, ganz recht! Auch wenn Sie es nicht genau wissen! Wir gehen kein Risiko ein! Zur Sicherheit schicken wir jemand!«, hörte ich Kellmann durch die angelehnte Tür in den Telefonhörer bellen.

Das Ehepaar wartete auf dem Flur vor dem Büro. Der junge Mann, dessen dunkle Haare mit Frisiercreme nach hinten gekämmt waren, hielt die Hand der jungen Mutter. Diese hatte sich mit Rock und Pumps schick gemacht.

Beide wirkten schüchtern. Offensichtlich wussten sie nicht, ob sie mich ansprechen sollten. Der Mann fasste sich schließlich ein Herz: »Wir möchten gerne mit dem Herrn Pastor sprechen.«

»Ich bin hier die Pastorin und würde Ihnen gerne weiterhelfen.«

»Ach so. Ja …«

»Ist das Ihr Kind, das Sie zur Taufe bringen wollen?« Ich schaute in den Kinderwagen.

Der Säugling lag zwischen weiß bezogenen Kissen und schlief. Der winzige Kopf war von einem rosa Mützchen bedeckt.

»Ein Mädchen?« Ich blickte die junge Frau an. Sie nickte verlegen.

»Die ist niedlich! Wie heißt sie denn?«

»Ulrike«, lautete die Antwort des stolzen Vaters.

»Kommen Sie!«, forderte ich die beiden auf, ohne zu wissen, wohin wir gehen sollten. »Wir suchen uns einen freien Raum.«

Schließlich ließen wir uns in der Diakonissenstation nieder. Der Säugling war mittlerweile aufgewacht und schrie. Die junge Mutter nahm ihn aus dem Kinderwagen, drückte ihn an ihre Brust und wiegte ihn hin und her. Das Kind beruhigte sich.

»Ist das Ihr erstes?«, wollte ich wissen.

»Ja. Unsere Erstgeborene. Sie ist erst vier Wochen alt«, erklärte der Vater, während die Mutter weiter das Kind an sich gedrückt hielt. »Heute haben wir sie das erste Mal mit nach draußen genommen.«

»Dann wollen wir einmal einen Taufspruch für die kleine Ulrike aussuchen.«

Eine halbe Stunde später verabschiedete ich die Familie und wollte mich wieder in den Gemeindesaal begeben. Unterwegs traf ich Idschdi und Marie. Sie waren in Begleitung eines älteren Herrn in Anzug und Hut.

»Guten Tag!«, grüßte ich überrascht. »Ich dachte, Sie wären im Urlaub.«

»Schon zurück«, sagte Marie. »Sonntag Dienst.«

»Haben Sie schon erfahren, dass Manni Jankewicz verschwunden ist?«

»Hat Pastor uns schon gesagt.«

»Sie könnten suchen helfen! Sie kennen das alte Pfarrhaus doch wie Ihre Westentasche.«

Idschdi nickte.

»Einen Moment, bitte!« Der ältere Herr schob sich nach vorne. »Gestatten, mein Name ist Rosenberg. Ich bin Rechtsanwalt«, stellte er sich vor.

»Gerlach«, erwiderte ich. »Ich bin Pastorin hier.«

»Angenehm. Dürfte ich Sie kurz sprechen?«

»Jetzt?«

Er sagte auf Polnisch etwas zu Idschdi. Der Hausmeister nickte.

»Gibt es einen Ort, an dem wir ungestört sind?«, übersetzte der ältere Herr.

»Geht es um etwas Bestimmtes? Etwas Geheimes?«

Idschdi sprach auf Rosenberg ein. »Mein Mandant schlägt vor, die Kirche aufzusuchen«, dolmetschte dieser.

»Darf ich fragen, worum es sich handelt?«

»Das ist eine heikle Angelegenheit. Ich würde es Ihnen gerne in Ruhe erklären.«

Ich war erstaunt, dass er mich sprechen wollte und nicht meinen Kollegen Kruse, doch ich fragte nicht nach.

»Wenn es so wichtig ist, würde ich es lieber in meiner Dienstwohnung besprechen. Sind Sie mit dem Auto da?«

Noch bevor die Sonne untergegangen war, kannte ich ein weiteres Geheimnis aus der Siedlung. Eines, von dem ich nicht wusste, ob ich es wirklich hatte erfahren wollen. Ohne Luschinskis historischen Nachhilfeunterricht wäre mir die Geschichte völlig unglaubhaft vorgekommen.

»Nur um sicherzugehen, dass ich Sie richtig verstanden habe«, fasste ich zusammen und sah Rosenberg, der mir in meinem Amtszimmer gegenübersaß, in die Augen. »Sie sind als Jurist spezialisiert auf Enteignungen und Kaufverträge von jüdischem Eigentum während der Nazizeit.«

»Auf Verträge, die aufgrund der Zwangslage unrechtmäßig waren«, verbesserte Rosenberg.

»Ja, das meinte ich. Sie vertreten das Ehepaar ...« Ich stockte, weil mir Idschdis Nachname nicht einfiel.

»Kowalska!«

Idschdi und Marie saßen auf der Besuchercouch und hielten sich an den Händen. Erst jetzt bemerkte ich Maries gerundeten Leib. Die beiden, die mir eigentlich so vertraut waren wie alte Pantoffeln, kamen mir auf einmal so fremd vor wie ein Paar, das ich zufällig an der Bushaltestelle getroffen hatte. Warum war keiner auf die Idee gekommen, die beiden nach ihrer Herkunft zu fragen? Oder wusste mein Kollege Bescheid? Dunkel erinnerte ich mich an das Gespräch zwischen Kruse und Rabenau, das ich vor einigen Tagen versehentlich belauscht hatte. War es darin nicht um einen Anspruch gegangen, den der Hausmeister stellte?

»Idschdi« – jetzt war mir doch der Spitzname herausgerutscht – »behauptet, ein Enkel des 1942 in Dortmund verstorbenen Lewinsky zu sein. Der Sohn der Tochter, die damals in die Niederlande floh. Später kehrte die Familie nach Polen zurück und versuchte, sich in der Gegend bei Allenstein eine Existenz aufzubauen. Die Tochter der Lewinskys verstarb 1957. Id... Ihr Mandant verließ Polen 1959 mit seiner Ehefrau Marie, eigentlich Maria. Ein Jahr lang hielten sie sich in der Ostzone auf. Kurz bevor die Mauer gebaut wurde, gingen sie in den Westen.«

»Ja, so ist es«, bestätigte Rosenberg.

Erschöpft lehnte ich mich zurück.

»Sie kamen 1962 in Dortmund an. 1963 nahmen sie ihre Arbeit in der Kirchengemeinde auf. Das war kein Problem, weil I… Ihr Mandant getauft ist und die evangelische Kirchenmitgliedschaft besitzt. Kein Mensch kam auf die Idee, einen Zusammenhang zu der jüdischen Familie Lewinsky …«

»Lewinskys haben sich taufen lassen«, unterbrach Rosenberg. »Kurz, nachdem die Tochter mit ihrer Familie in die Niederlande geflohen ist. Das können Sie in den Kirchenbüchern nachlesen. Ihr Kollege Kruse hat die Lewinskys getauft.«

Das wusste ich bereits von Luschinski. Aber ich fragte dennoch: »Hatten sie keinen Kontakt zur jüdischen Gemeinde? Ich meine, war denn nicht damals schon klar, dass die Taufe nicht hilft?« Ich verhedderte mich.

Rosenbergs Gesicht blieb ausdruckslos. Mit Sicherheit war er selbst Jude, zumal mit diesem Namen. Nach einer kurzen Unterredung auf Polnisch erklärte er: »Die Großeltern meines Mandanten waren keine praktizierenden Juden. Ihr Kollege hat sich damals um sie gekümmert, sodass sie beschlossen haben, seine Religion anzunehmen.«

»Warum wenden Sie sich dann nicht jetzt auch mit Ihrem Anliegen an meinen Kollegen?«, fragte ich verzweifelt. »Ich meine, wenn er sich um die Lewinskys gekümmert hat, dann kann er doch vielleicht auch dem Enkel helfen! Ich bin neu in der Gemeinde, ich kann gar nichts ausrichten.«

Wieder folgte ein Wortwechsel zwischen Idschdi und seinem Anwalt.

»Mein Mandant bat ausdrücklich darum, Sie zu konsultieren, nachdem der andere Kollege bedauerlicherweise so plötzlich verstorben ist.«

»Sie meinen Pastor Hanning? Wusste Hanning von der Verwandtschaft zwischen Lewinskys und dem Hausmeister?«

Marie, die meine Frage offensichtlich verstanden hatte, nickte.

»Und Sie meinen, dass ausgerechnet ich etwas bewirken könnte?«

Die Eheleute sahen mich erwartungsvoll an. Sie hielten noch

immer Händchen und wirkten wie Kinder bei der weihnachtlichen Bescherung, die hoffen, dass das Christkind das viel zu teure Fahrrad doch noch bringt.

Marie strich sich über den schwangeren Bauch. Ich verstand. Hier ging es darum, einer jungen Familie in guter Hoffnung zu einem angemessenen Obdach zu verhelfen.

Seufzend versprach ich: »Ich werde mein Bestes tun.«

Die Suchtrupps hatten die ganze Siedlung auf den Kopf gestellt und nichts gefunden. Alle wirkten erschöpft und bedrückt.

»Genug für heute!«, bestimmte Kellmann gegen halb neun im Gemeindesaal. »Jetzt ist es zu dunkel geworden. Leider ist unsere Suche ergebnislos geblieben. Auch durch die Zeitung gab es keine weiterführenden Hinweise.« Er nickte seinem Assistenten zu. »Morgen geht's weiter! Dann ist Samstag, da habt ihr frei und könnt den ganzen Tag helfen!«

Die Männer, die ihre Gespräche kurz unterbrochen hatten, fingen wieder an zu reden. Es war Freitag, und auch Mannis Verschwinden würde sie nicht davon abhalten, ihr Bierchen trinken zu gehen. »Auf zum Eck am Park!«, schlug einer vor. Die anderen nickten. Der erste Trupp erhob sich und verschwand.

Kellmann strich sich über die müden Augen, murmelte etwas von »Nachtschicht einlegen« und verzog sich ins Gemeindebüro. Sein Assistent folgte ihm.

Zurück blieben Kruse und Kaminski. »Ich habe nach Ihnen gesucht. Sie sehen blass aus, Fräulein Gerlach«, bemerkte der Lehrer besorgt.

»Ich hatte soeben eine längere Unterredung in meinem Amtszimmer zu Hause«, berichtete ich und warf meinem Kollegen einen scharfen Blick zu. »Mit Idschdi, Marie und ihrem Rechtsanwalt.«

Kruse verzog keine Miene. »Interessant, Schwester Gerlach«, erwiderte er nur.

»Ja, das war wirklich eine interessante Geschichte. Vielleicht sollten wir beiden uns auch einmal darüber unterhalten.«

»Nicht jetzt, Schwester Gerlach«, wehrte Kruse ab. »Manni sollte im Moment unsere erste Sorge sein.«

»Ich glaube, die Sache duldet keinen Aufschub. Oder können Sie ausschließen, dass die Geschichte mit dem aktuellen Fall zu tun hat?«

»Dann sprechen Sie mit Kellmann«, entschied Kruse. »Ich gehe jetzt heim.«

»Mutti wartet«, murmelte ich.

»Wie bitte?«

»Ach, nichts.«

Kellmann hatte sich am Schreibtisch breitgemacht, eine Zigarette in der Hand und die Lesebrille auf der Nase. »Wieder nichts«, murmelte er. »Hast du bei allen Reedereien nachgefragt?«

Der Assistent, ein schmächtiger Mann mit Aknenarben, nickte. Im fahlen Neonlicht wirkten die Gesichter der beiden bleich und angespannt. »Nirgendwo vorstellig geworden. Nicht unter seinem Namen jedenfalls.«

Keiner der beiden beachtete mich.

»Der Hinweis mit dem Bahnhof in Bielefeld?«

»Dem sind die Kollegen nachgegangen. Eine Verwechslung. Der Junge sah Manni nur ähnlich.«

»Was ist mit der Tante in Hamm?«

»Haben wir überprüft. Dort ist er nicht aufgetaucht.«

»Und die Autobahnpolizei? Vielleicht ist er per Autostopp gefahren?«

Der Assistent schüttelte den Kopf. »Ebenfalls Fehlanzeige.«

»Weitere Spuren?«

»Nichts Relevantes.«

»Langsam wird's eng.«

»Falls er noch lebt …«

»Wir kommen an die kritische Zweiundsiebzig-Stunden-Marke. Morgen ist der dritte Tag. Wir verstärken die Mannschaft! Weiten den Umkreis aus …«

»Warum sind zweiundsiebzig Stunden kritisch?«, fragte ich dazwischen.

»Wegen der Dehydrierung. Drei Tage ohne Wasser können tödlich sein«, sagte Kellmann automatisch.

Dann sah er auf. »Das Fräulein Gerlach! Was verschafft mir die Ehre?«

»Könnte ich Sie kurz sprechen, Herr Kellmann?«

»Geht es um den aktuellen Fall?«

»Indirekt. Vielleicht«, räumte ich ein.

»Machen Sie's kurz!«

Im Telegrammstil erzählte ich die Geschichte von Hannings Pfarrhaus, dem früheren Gemischtwarenladen und dem Schicksal der Familie Lewinsky. Kellmann hörte konzentriert zu, nickte und zündete sich die nächste Zigarette an. »Also Sie vermuten einen Zusammenhang mit dem Tod von Hanning und möglicherweise mit dem Verschwinden von Manni«, stellte er abschließend fest. Mir war nicht klar, ob er es ironisch oder ernst meinte.

»Das könnte doch durchaus sein, oder nicht?«

»Und wen genau hätten Sie dann im Verdacht?« Kellmanns Augen waren mittlerweile fast in den tiefen Höhlen verschwunden, die die Müdigkeit in sein Gesicht gegraben hatte. Die Lesebrille hatte er in sein bereits gelichtetes Haar geschoben.

»Rabenau vielleicht? Schließlich würde die Angelegenheit seinen Vater belasten. Posthum, gewissermaßen.«

»Reicht das aus als Mordmotiv?«, fragte eine mir wohlbekannte Stimme von der Tür her. »Und dann noch ein Gemeindeglied verdächtigen. So was tut man doch nicht, Fräulein Pastor!«

»Luschinski!«, rief ich erfreut.

Der Kommissar runzelte die Stirn. »Haben Sie mal wieder gelauscht, Luschinski?«

Der Angesprochene grinste. »Eine meiner bedeutendsten Fähigkeiten! Sozusagen eine Berufskrankheit.«

»Dann wissen Sie ja, worum es geht. Diese junge Dame meint, sie wäre auf einer heißen Spur.« Das klang eindeutig herablassend.

»Diese junge Dame ist eine ausgesprochen kluge Person!«, verteidigte Luschinski mich.

»Wie Sie meinen. Sie gefällt Ihnen wohl?« Kellmann blinzelte, ob vor Müdigkeit oder um seine Worte als Scherz erscheinen zu lassen, blieb unklar.

Ich räusperte mich. »Dürfte ich dazu auch mal etwas sagen?«

Jetzt wandten sich die Blicke wieder mir zu. »Also erstens wüsste ich jetzt gerne endlich, wer die Drohbriefe geschrieben hat. Stammen sie von dieser Schreibmaschine hier?« Ich wies auf die IBM-Kugelkopfmaschine, die der Kommissar an die Seite des Tisches geschoben hatte.

Kellmann nickte. »Nicht alle, aber zum Teil. Mindestens zwei der Briefe sind hier getippt worden. Das haben mir die Kollegen vorhin fernmündlich mitgeteilt. Eine leichte Verschmutzung am kleinen ›e‹ hat den Beweis erbracht.«

»Welche Briefe stammen denn von dieser Maschine und welche nicht?«

Er schob die Lesebrille vom Kopf wieder auf die Nase und wirkte dabei wie ein harmloser älterer Herr. »Hat das nicht Zeit bis morgen? Ich müsste es heraussuchen. Die übrigen Schriftstücke stammen von einem ähnlichen Typ. Allerdings von einer anderen Maschine.«

»Also könnte es Rabenau gewesen sein, er hat Zugang zum Gemeindebüro.«

»Oder gar Ihr Kollege Kruse?« Luschinski grinste belustigt.

»Der hat doch selbst einen Brief bekommen!«

Kellmann schob die Lesebrille erneut nach oben. »Würden Sie mich bitte jetzt weiterarbeiten lassen, meine Herrschaften? Ich habe noch zu tun!«

Er wandte sich an seinen Assistenten. »Du kannst auch gehen, wenn du willst. Morgen früh um sieben bist du wieder hier!«

Zu dritt trotteten wir zur Haustür. »Halt! Meine Kamera!«, rief Luschinski und ging zurück zum Gemeindesaal. Der Assistent starrte vor sich hin, er machte nicht den mindesten Versuch, ein Gespräch mit mir anzufangen.

Wenig später erschien der Reporter wieder, bewaffnet mit seinem Fotoapparat und mit Kaminski im Schlepptau.

»Fräulein Gerlach! Würden Sie mir die Freude erweisen, Sie nach Hause zu begleiten?«, äußerte sich der Lehrer.

»Na, dann müssen Sie ja nicht alleine durch den Park!«, sagte Luschinski trocken. »Ich würde nämlich gerne noch ins Eck gehen, einen trinken.«

»Ich komme mit«, äußerte der Assistent.

Ich fühlte mich ausgeschlossen, denn selbstverständlich konnte ich nicht mit den Männern in die Kneipe gehen. Als lediges Fräulein hatte ich einen Ruf zu verlieren, und als Pastorin sowieso.

Natürlich verstand ich Luschinski. Er wollte weitere Informationen sammeln.

Trotzdem war ich enttäuscht.

Es gab Tage, da gefiel es mir nicht, eine Frau zu sein. Kaminski schien meinen Verdruss nicht zu bemerken. Freundlich bot er mir den Arm und begleitete mich bis vor die Haustür.

SECHZEHN

»Zur Feier des Tages!« Rosi packte eine Flasche Wein aus und stellte sie auf meinen Wohnzimmertisch. »Wenn du mich schon um eine so späte Uhrzeit anrufst und herbittest! Oder sollte ich sagen: herbeizitierst?«

»Besonders feierlich ist mir nicht zumute, Rosi. Ich brauche Unterstützung!«

»Kann ich mir vorstellen. War alles ein bisschen viel die letzten Tage, nicht wahr? Jetzt hol mal den Korkenzieher und zwei Gläser, damit wir anstoßen können!«

In der Küche musste ich suchen, bis ich Weingläser fand. Schließlich förderte ich zwei verschiedene zutage, eines mit einem grünen Fuß und ein kleines mit einer Gravur im Kelch.

»Was anderes habe ich nicht da«, entschuldigte ich mich, während Rosi den Korkenzieher in die Flasche drehte.

»Was für eine Sorte hast du mitgebracht?«

»Weiß ich nicht. Gab's im Sonderangebot.«

Ich füllte die Gläser. »Prost. Auf die Kopfschmerzen morgen früh. – Musik?«, wollte ich wissen und begab mich zum Plattenspieler. Als Rosi nickte, griff ich nach dem Zufallsprinzip eine Vinylscheibe heraus.

»Das Musikalische Opfer. Von Bach.«

»Opfer«, stimmte Rosi zu und trank einen großen Schluck.

Wenig später erklang Cembalomusik. »Erst nur eine Stimme, dann noch eine, und dann mehrere zusammen«, beschrieb Rosi. »Und je mehr es werden, desto schräger klingt es.«

»Ja. Das ist wie hier in der Siedlung. Erst wird an Ostern der Kollege tot aufgefunden, dann gibt es anonyme Briefe, als Nächstes tote Kaninchen. Schließlich verschwindet ein Junge.«

»Eben schräg!«, fasste Rosi zusammen und nahm den nächsten Schluck.

»Oh, ist der süß«, sagte ich, nachdem ich an dem Wein genippt hatte, und besah mir das Etikett. »Donaublut. Kein Wunder!«

Rosi ging nicht darauf ein. »Meinst du, es gibt einen Zusammenhang zwischen den verschiedenen Ereignissen in der Siedlung?«

»Einen Zusammenhang auf jeden Fall. Aber das heißt nicht, dass es nur einen Täter gibt. Ich glaube inzwischen, dass es mehrere sind.«

»Wen hast du in Verdacht?«

Ich probierte noch einen Schluck und stellte das Glas dann weg.

»Ungenießbar«, kommentierte ich abschließend. »Fangen wir mit dem Einfachsten an: Die toten Kaninchen waren wahrscheinlich ein Dummejungenstreich. Das trägt die Handschrift von Detlef und Manni und ihrem Kumpel. Bei der Sache mit Hanning tippe ich immer noch auf Jankewicz.«

»Sicher?«

»Sicher bin ich nicht. Es kann sogar gut sein, dass er nicht allein war bei der nächtlichen Aktion. Und die Rolle von Rabenau wird immer undurchsichtiger. Rosi?«

»Ja?«, sagte meine Freundin und Amtsschwester und gönnte sich einen weiteren Schluck.

»Das, was ich dir nun erzähle, bleibt doch unter uns?«

»Natürlich. Ich stehe als Pastorin unter Schweigepflicht. Weißt du doch.«

»Donnerwetter«, kommentierte Rosi eine halbe Stunde und eineinhalb Gläser Wein später, nachdem ich ihr die Geschichte des Pfarrhauses und ehemaligen Gemischtwarenladens geschildert hatte. »Da haben ja einige Leute etwas zu verbergen.«

»Genau. Rabenau hat mit Sicherheit ein Interesse daran, dass die Geschichte nicht an die große Glocke gehängt wird. Schließlich belastet sie seinen Vater.«

»Warum gibt die Kirchengemeinde das Haus nicht einfach an Idschdi und seine Frau zurück? Kruse hat doch im Krieg auch den Großeltern geholfen. Warum nicht jetzt dem Enkel?«

»Na ja. Die Immobilie hat schließlich keinen geringen Wert. Sicher sechzigtausend Mark.«

»Vielleicht sogar mehr: ein Haus in stadtnaher Lage, nahe am

Park, ein Mehrfamilienhaus. Achtzigtausend, hunderttausend Mark? Und du glaubst, Hanning hätte eine Rückgabe befürwortet?«

Wir schwiegen und lauschten der Musik. Jetzt spielten eine Flöte und eine Violine.

»Er wollte ja wohl die Gemeinde verlassen. Das hätte er auch gemusst, wenn er die Jankewicz geheiratet hätte. Eine Geschiedene und er der Scheidungsgrund. Möglicherweise hätte er dann überhaupt nicht mehr als Pastor arbeiten können.«

»Verstehst du, was der Hanning an ihr fand? Sie ist doch wohl sogar älter als er. Als er war, meine ich.« Rosis Stimme klang verwaschen.

Ich schenkte Rosi Wein nach. »Das ist im Moment unser geringstes Problem. Ich denke, er wollte insgesamt reinen Tisch machen. Deshalb hat er sich auch für die Rückgabe des Hauses an Lewinskys Enkel eingesetzt.«

»Und dafür musste er mit seinem Leben bezahlen.«

»Könnte sein.« Ich zuckte mit den Schultern. »Was lernen wir daraus? Es kommen außer Jankewicz noch andere in Frage für den Mord oder Totschlag, oder was auch immer es war … Rabenau zum Beispiel.«

»Traust du Kruse zu, dass er mitgemischt hat?«

»Er ist ein Stinkstiefel. Doch ich halte ihn für einen redlichen Menschen«, erklärte ich. »Und nur weil einer keine Frauen auf der Kanzel mag, muss er nicht gleich zum Mörder werden.«

»Jedenfalls macht er aus seinem Herzen keine Mördergrube!« Rosi fand das lustig. Ich weniger. Vielleicht, weil mir der nötige Schwips fehlte.

»Ich frage mich: Wie passt Mannis Verschwinden in das Bild?« Ich seufzte.

In diesem Moment blieb die Nadel hängen und spielte immer wieder dieselbe Tonfolge. Ich griff nach dem Plattenarm und führte ihn auf seine Station zurück. Es knackte noch einmal. Dann war es still im Raum.

»Die Platte hat einen Sprung«, murmelte Rosi schließlich. »Wie diese Geschichte hier.«

»Du sagst es. Und wir sind immer noch nicht sicher, ob Manni nicht einfach ausgerissen ist.«

Das hörte Rosi nicht mehr. Sie war im Sessel eingeschlafen.

Später öffnete ich das Fenster. Draußen wehte ein laues Mailüftchen. Der Duft von blühenden Bäumen mischte sich in den Geruch von Kohlenstaub.

Hier bin ich jetzt, dachte ich. Auf meiner ersten Stelle. Wenige Monate im Amt, und schon mittendrin in einer Geschichte, in der es um Verbrechen und Verhängnis, um Schuld und Sühne ging. Einer Geschichte, deren Spuren sich bis in den Krieg zurückverfolgen ließen. Dabei war ich vor den Erinnerungen geflohen. Ich hatte gehofft, hier, in der Siedlung am Westrand von Dortmund, endlich zur Ruhe zu kommen.

Du kannst nicht vor dir selbst weglaufen, ertönte in mir die Stimme meines Mentors. Ich vernahm ihn im Geist so deutlich, als stünde er neben mir.

Ich schloss die Augen. Weitere Stimmen quollen aus meiner Erinnerung hervor, einige weibliche, meist jedoch männliche Stimmen. Sie riefen laut oder murmelten vor sich hin. Sie redeten durcheinander, und ich konnte die Worte nicht auseinanderhalten.

Erst allmählich kristallisierten sich verständliche Sätze heraus. Um genau zu sein: fast verständliche.

»Das hassu getz davon!«, nuschelte es. Und die Stimme entsprang keinesfalls meiner Phantasie, sondern war ausgesprochen real. Der Sprecher befand sich draußen im Park.

Ich schlug die Augen wieder auf und erblickte nur wenige Meter von der Hauswand entfernt mehrere dunkle Gestalten.

Die Männer waren von ihrem Zug durch die Gemeinde zurückgekehrt und führten nächtliche Gespräche. Ausgerechnet unter meinem Fenster. Neugierig beugte ich mich vor. Da ich das Licht nicht angeknipst hatte, würden sie mich kaum bemerken.

»Deine Alte haddir Hörner aufgesetz, wa?«, rief einer, und die Stimme hörte sich an wie die von Rabenau, nur eben angetrunken. »Wieso schmeißtu sie nich einfach raus.«

»Kanninich. Gehtnich. Gehteinfachnich«, ertönte eine weitere Stimme, von der ich annahm, dass sie Jankewicz gehörte. In alkoholisiertem Zustand und ohne den gewohnt ruppigen Tonfall klang er nicht sonderlich imponierend.

»Wieso nich?«

»Glaubssu auch, ich hab ihn umge... hicks ...brach?«

»Wennste in so 'nem Zustand warss wie jetzt gerade, wohl kaum.« Diese Stimme kannte ich auch. Luschinski.

»Wenn ich se rausssch... rauschsche...«, er brachte das Wort nicht über die Lippen, »glauben alle, ich war's.«

»Ja. Rausch, genau. Schlaf du erst mal deinen Rausch aus!« Luschinski hatte die Lage wie immer im Griff. »Ich muss getz ersma pieseln.«

Eine der Gestalten bewegte sich ein paar Meter weit weg und drehte sich um.

»Und getz ist aunoch der Junge wech.«

»Du gehst besser ma da rein.« Das klang nach Rabenau. »Heut Abend geht ganix mehr. Bevor noch die Kaline da oben wach wird und wieder rumschnüffel...«

Ich zuckte zusammen und wagte kaum zu atmen.

»Das Frollein Pastor!«

»Ischa schon 'n lecker Schätzken, aber neugierich, neugierich ... schöne Fraun soll man sehn und nich hörn.«

Die dritte Gestalt näherte sich wieder.

»Ey, Luschinski, warum gehsse nich rauf und schnappse dir? Ey, die mag dich ... besorgsses ihr mal ordntlich ... dem Frollein Pastor ...« Wieder Rabenau.

Ich schnappte empört nach Luft.

»Du gehst getz rein. Haste 'n Schlüssel bei? Oder müssen wa deine Alte wecken?« Luschinski. »Und wir annern gehn nach Hause.«

»Will nich nach Hause. Will nich nach Hause. Die Frau iss krank. Da will ich nich hin.« Rabenaus Stimme klang weinerlich.

Gebrabbel unter meinem Fenster.

Dann nahmen zwei der Gestalten – vermutlich Rabenau und Luschinski – die dritte, den schwer betrunkenen Jankewicz, in die Mitte und schleiften ihn davon. Ich zog mich ins Zimmer zurück.

Rosi war von den Stimmen aufgewacht und rieb sich die Augen. »Was ist los? Wo bin ich?«

»Bei mir im Pfarrhaus. Rosi! Du hast einen sitzen und bist eingeschlafen. Am besten, du bleibst hier. Mit dem Moped kannst du nicht mehr los.«

In diesem Moment klingelte es Sturm.

»Wer kommt denn jetzt noch?«

Ich hatte eine Ahnung, wer unten stand. Sie wurde zur Gewissheit, als ich durch das Klofenster blickte.

»Mach auf, Martha!«, rief Luschinski zu mir herauf. »Der Janke … Janke find't sein Schlüssel nich!«

»Macht nicht so einen Radau!«, schimpfte ich leise. »Die ganze Nachbarschaft wird wach!«

»Nachbarschaft, welche Nachbarschaft? Komm runter, Martha. Bitte, bitte!«

Seufzend machte ich mich auf den Weg.

Mein Untermieter war vor der Haustür zusammengesunken. »Hopp, hopp«, ermutigten die anderen beiden. Sie packten Jankewicz unter den Achseln. »Eins – zwei – eins – zwei: Hauruck! Hauruck!«

Schließlich stand der Unglücksrabe auf seinen Beinen, wenn auch recht wackelig. Mit vereinten Kräften schoben wir ihn in den Hausflur.

Vor der Wohnungstür meiner Untermieter sahen wir uns ratlos an.

»Und jetzt?«

»Hasse 'n Schlüssel, Martha?«

Ich schüttelte den Kopf.

»Dann kommen wa alle hoch zu dir!«

»Ich glaub's euch wohl!«

Die Männer palaverten weiter, bis von innen Geräusche erklangen.

Gleich darauf öffnete Fräulein Kreuter im rosa Morgenmantel. »Vati! Jetzt komm rein!«, flüsterte sie. »Nicht, dass Mutti noch wach wird, sie hat vorhin eine Tablette genommen und ist jetzt endlich eingeschlafen. Und ihr andern: ab nach Hause!«

»Genau! Ab nach Hause«, wiederholte ich.

Luschinski lehnte sich über meine Schulter und blies mir seine Fahne in das Gesicht. »Nich zu dir, Martha? Dasses aber schade!«

»Luschinski!«, tadelte ich. »Das habe ich jetzt nicht gehört! Und falls doch, habe ich es bis morgen vergessen!«

Arm in Arm wankten die beiden Männer davon.

In diesem Moment bog der schwarze Kater um die Ecke und strich mir um die Beine.

»Koks. Koks!«, rief Fräulein Kreuter leise. Das Tier maunzte, drehte sich um und verließ das Haus in Richtung Park. Der buschige Schwanz war das Letzte, was ich sah.

SIEBZEHN

Schemenhaft, in weiter Entfernung, machte ich einen Menschen aus.

Er kam auf mich zu, doch anstatt deutlich erkennbar zu werden, erschien er mir immer unschärfer. Je näher er kam, desto durchsichtiger wurde er. Als er nur noch wenige Meter entfernt stand, löste er sich auf.

Dann schrie eine Frauenstimme aus dem Nebel: »Tot! Tot! Tot!« Ein Männerchor antwortete: »Tot. Ist tot. Ist tot.« Sie riefen einen Namen, irgendetwas mit Ma, aber ich verstand ihn nicht. Der Wind wehte die Stimmen in Wellen heran.

»Ma… ist tot«, schrie die Vorsängerin.

Ich lag in einer dunklen Höhle. Die Welt lastete auf meiner Brust. Die Rettung des Planeten hing ganz allein von mir ab, doch ich konnte nicht einmal Arme und Beine bewegen, geschweige denn mich erheben. Ich sah nichts, hörte nur. Draußen kam ein Sturm auf. Im Brausen vernahm ich wieder den Gesang.

»Tot! Ist tot!«, sang der Schreckenschor.

»Tot! Ist tot!«, jammerte der Wind.

Schweißgebadet erwachte ich.

Martin ist tot, war mein erster Gedanke. Martin. Mein kleiner Bruder, gestorben vor langer Zeit während des Kriegs. Durch meine Schuld.

Manni ist tot, ahnte ich. Mein Untermieter Manni, der so etwas wie mein kleiner Bruder geworden war, auch wenn er Jahre nach meinem Bruder geboren worden war.

Martin war tot, zurückgeblieben ohne Begräbnis. War Manni auch tot, verweste an irgendeinem Ort, den niemand von uns fand?

»Bitte, lieber Gott. Lass ihn leben!«, flüsterte ich.

Das Morgengrauen kroch bereits zum Fenster herein. Für einen Moment war mir, als wäre ich im Bett festgewachsen.

Dann atmete ich tief durch, konzentrierte mich auf mein linkes Bein. Hob es an und schob den Fuß bis zum Boden. Vorsichtig, Stück für Stück, rollte ich den steifen Oberkörper auf und beugte den Kopf vornüber.

Das rechte Bein zog ich unter dem Federbett auf die linke Seite und stellte die Zehenspitzen auf den Fußboden, neben das linke Bein, verlagerte das Gewicht. Mit Mühe schaffte ich es, mich zu erheben.

Die Zeiger des Weckers auf dem Nachttisch leuchteten im Halbdunkel.

Es war nicht einmal sechs Uhr.

Die ungewohnte Stille im Haus bedrückte mich.

Barfuß tappte ich in die Küche, füllte den Kessel mit Wasser und setzte ihn auf den Elektroherd. Längst schon blieb wegen der Frühlingstemperaturen der alte Küppersbusch-Ofen kalt. Nach Hannings Tod war mir beim Heizen mit Kohle ohnehin mulmig zumute gewesen.

Kurz bevor der Kessel anfing zu pfeifen, hob ich ihn von der Platte. Langsam schüttete ich heißes Wasser durch den Filter in die Kanne. Doch nicht einmal der Kaffeeduft konnte das klamme Gefühl vertreiben.

Die Wohnzimmertür war angelehnt. Auf der Couch, unter einer dünnen Decke, lag Rosi und schlief mit offenem Mund.

Auf Zehenspitzen schlich ich die knarrende Treppe hinunter und nahm die Zeitung von der Matte. Im Lokalteil wurde ein weiteres Mal über Mannis Verschwinden berichtet. »Langsam wird es bedenklich!«, titelte die RuhrRundschau. »Polizei verstärkt Suche.«

Wann hatte Luschinski Zeit gefunden, den Artikel zu tippen und abzugeben? Vielleicht am späten Nachmittag, als ich nach ihm Ausschau gehalten hatte? Jedenfalls mit Sicherheit vor dem Trinkgelage.

Das Haus erwachte zum Leben.

Aus der unteren Wohnung drangen Geräusche, eine Tür schlug. Das Radio spielte eine Melodie. Mir erschien es jedoch noch zu früh für einen Besuch.

Nach der zweiten Tasse Bohnenkaffee stieg ich erneut die Treppe hinunter. Dieses Mal klopfte ich.

Fräulein Kreuter öffnete. »Vater ist noch nicht auf«, erklärte sie. Das wunderte mich nicht. »Und Mutter sitzt in der Küche.«

Frau Jankewicz hob ein wenig den Kopf, als ich durch die Tür trat.

»Er hat sich so auf das Spiel gefreut«, sagte sie. »Die Schwarz-Gelben spielen doch heute. Ein wichtiges Spiel.«

»Hier in Dortmund?«, fragte ich entsetzt. Das würde die Suche nach Manni erheblich erschweren.

»Nein, nicht hier. Ein Auswärtsspiel.« Sie stützte das Kinn auf der Hand ab und sah so erschöpft aus, wie ich mich fühlte. Und das, obwohl der Tag gerade erst angebrochen war.

»Der WDR überträgt heute Nachmittag das Spiel von Borussia Dortmund gegen Alemannia Aachen«, hörte ich die tiefe Stimme eines Sprechers aus dem Radio. »Austragungsort ist Hannover. Es geht um den DFB-Pokalsieg.«

»Bei Auswärtsspielen hat er immer hier vorm Radio gesessen. Mit seinem Vater«, fuhr die unglückliche Frau fort. Sie sprach von ihrem Sohn wie über einen Verstorbenen.

»Manni?« Ich wartete die Antwort nicht ab. »Vielleicht wird er bis heute Nachmittag gefunden«, tröstete ich, doch ich glaubte selbst nicht recht daran. Und wenn ja, in welchem Zustand? »Ist tot, ist tot, ist tot«, hallte der Alptraumchor in meinem Kopf wider.

»Schläft Ihr Mann noch?«

»Er hat getrunken gestern Nacht«, informierte sie mich über eine Tatsache, die ich bereits kannte.

»Sicherlich aus Kummer«, verteidigte ich Herrn Jankewicz zu meiner eigenen Überraschung, und in meiner Erinnerung tauchte das Bild des kräftigen Mannes auf, der nachts wie ein Häufchen Elend vor der Wohnung zusammengesackt war.

»Manchmal trinken sie zu viel, die Männer.«

Die Frauen auch, dachte ich. Schließlich kam Rosis bleierner Schlaf nicht von ungefähr.

»Ich wünschte, ich könnte Ihnen helfen, Frau Jankewicz!«

»Mir kann keiner helfen«, erwiderte sie, und das klang so trostlos, dass ich mir die Antwort sparte.

Beim Abschied drückte ich ihr beide Hände.

»Bist du wach, Rosi?«, rief ich, wieder im oberen Stock angelangt.

»Hast du eine Tablette gegen Kopfschmerzen?«, kam die matte Gegenfrage.

Mit einer Tasse mittlerweile lauwarmen Kaffees versuchte ich, meiner Freundin und Amtsschwester auf die Beine zu helfen.

Rosi winkte ab. »Ein Glas Wasser.«

»Leitungswasser?«

Rosi stöhnte nur.

Später, am Küchentisch, erkundigte sie sich nach den nächtlichen Ereignissen.

»Soso«, kommentierte sie, nachdem ich die Geschichte von dem betrunkenen Herrentrio erzählt hatte, und legte eine Brotscheibe auf das Brettchen.

»Margarine? Marmelade?«, bot ich an.

Rosi verzog das Gesicht.

»Aber jetzt vielleicht doch ein Kaffee?«

»Mit ganz viel Büchsenmilch, bitte.«

Sie trank einen Schluck von der hellbraunen Brühe. »Die nehmen dich nicht ernst, die Männer«, stellte sie fest. »So wie sie über dich reden!«

»Da hast du wohl recht. Der Kommissar wünscht mich dahin, wo der Pfeffer wächst.«

»Schön dumm«, sagte Rosi und strich eine dünne Schicht Margarine auf das Graubrot. »Schließlich bist du gut angekommen in der Siedlung. Für die kurze Zeit, die du hier lebst. Die Leute mögen dich. Und sie vertrauen dir.«

»Findest du?«, vergewisserte ich mich. Ich konnte einen Anflug von Stolz nicht unterdrücken.

»Aber sicher. Ich wette, die Männer sind nur neidisch. Vor allem der Kollege.«

»Und Luschinski?«

Rosi sah mich prüfend an. »Der Reporter?«

Ich nickte.

Rosi grinste. »Ein Charmeur. Der mag die Frauen.«

Leichte Röte kroch mir die Wangen hoch.

»Dich besonders!«, schmunzelte Rosi.

»Giovanni!«, rief ich überrascht, als ich die Gestalt von Mannis Kumpel auf den Stufen vor der Haustür erblickte. »Was machst du hier? Weißt du, wo Manni ist?«

Der große dunkelhaarige junge Mann schüttelte den Kopf. »Ni-ni-ni-nicht fi-fi-finden«, stotterte er. Es war das erste Mal, dass ich ihn sprechen hörte. Schlagartig wurde mir klar, warum er sonst schwieg.

»Komm mit!«, forderte ich ihn auf. »Vielleicht kannst du bei der Suche helfen.«

Er trottete neben mir her durch den Park. Den traurigen Ereignissen zum Trotz fuhr ein lauer Frühlingswind durch die Blätter, die in frischem Grün erstrahlten. Gelbe Butterblumen und unzählige Gänseblümchen tupften die Wiese.

Auf dem Platz am Rand des Westparks stellte ein junger Mann zwei Eimer Wasser auf der Straße ab. Langsam ließ er den Schwamm in eines der Gefäße gleiten, zog ihn voll und schwer wieder heraus und wischte damit über die Windschutzscheibe seines blauen Käfers. Die Wasserstreifen verursachten Schlieren auf dem staubigen Glas.

Eine junge Frau mit toupiertem Haar und bunter Bluse klammerte Wäsche auf einer Leine fest. Nur der Grauschleier auf den frisch gewaschenen, ehemals weißen Oberhemden trübte das Idyll und erinnerte daran, dass wir uns mitten im Kohlenpott befanden.

Ein ganz normaler Samstag in der Siedlung. Man hätte die schrecklichen Ereignisse vergessen können, hätte da nicht der Streifenwagen vor dem Gemeindehaus geparkt.

Kommissar Kellmann schaute uns grimmig an. »Schon fast neun. Wo bleiben die Männer? Haben wohl gesoffen letzte Nacht.«

Nicht einmal der Kaffee, den Schwester Tabea servierte, besserte seine Laune. »Und Sie! Sie können wir hier nicht brauchen. Kümmern Sie sich lieber um die Hinterbliebenen, wenn Sie hier schon den Pastor machen.«

»Die Hinterbliebenen?«, fragte ich erschrocken. »Ist Manni tot?«

Schwester Käthe schüttelte langsam den Kopf. »Es gibt keine Neuigkeiten. Sie haben ihn noch nicht gefunden.«

»Vielleicht kann Giovanni bei der Suche helfen«, schlug ich vor, und der schüchterne Junge an meiner Seite deutete ein Kopfnicken an.

Kellmann ignorierte den Hinweis und schimpfte weiter: »Wo bleiben sie denn bloß! Die Streife hab ich schon losgeschickt. Aber die kennen sich in der Siedlung nicht aus. Für heute Nachmittag hab ich Verstärkung angefordert! Im Radio kommt auch eine Durchsage. Langsam wird's eng!« Er hatte sein Sakko ausgezogen und thronte hemdsärmlig hinter dem Schreibtisch.

Im nächsten Moment ging die Tür auf, und sie kamen herein.

Jankewicz mit rot geränderten Augen und Bartschatten um das Kinn, eine noch feuchte Haarsträhne über die Halbglatze gezogen. Luschinski, der nach dem nächtlichen Gelage viel von seinem jungenhaften Charme eingebüßt hatte und bei dem ich erstmals Tränensäcke wahrnahm. Kaminski erschien als einziger frisch mit adrett gezogenem Scheitel und korrekt sitzender Krawatte.

»Jankewicz! Schäm dich! Der Sohn ist weg, und du säufst dir einen an«, schalt Schwester Käthe. »Hast ja immer noch eine Fahne, ich riech es bis hier!«

Jankewicz murmelte eine Entschuldigung.

»Wo bleibt Rabenau?«

Die Männer schauten betreten zu Boden und schwiegen.

»Egal. Wir können nicht länger warten. Auf geht's. Wo fangen wir an?«

Wieder öffnete sich die Tür, und der Trainer von Mannis Mannschaft betrat den Raum. »Ich hab ein paar von unseren Jungs mitgebracht. Sie wollen helfen. Warten draußen.« Er fuhr sich durch das dunkle, kurz geschnittene Haar. »Hoffentlich finden wir ihn bis zum Endspiel heute Nachmittag! Er hat sich so darauf gefreut.«

Hinter dem bulligen Trainer tauchten Idschdi und Marie auf.

Kruse stand plötzlich neben mir und betrachtete Maries obere weibliche Rundungen. Dann glitt sein Blick tiefer auf das weit geschnittene Kleid. Offensichtlich bemerkte er Maries Schwangerschaft erst in diesem Moment.

»Deshalb will der Pole unbedingt in Hannings Haus!«, ächzte er.

ACHTZEHN

»Wer ist da?«, rief eine Mädchenstimme durch das Treppenhaus.

»Lena? Hier ist Pastorin Gerlach. Ich komme jetzt rauf!«

»Ja? Mutter geht es nicht gut.«

Doch ich befand mich bereits auf halber Höhe.

Jemand folgte mir. Als ich auf dem Treppenabsatz stehen blieb und mich umdrehte, erblickte ich Giovanni.

»Was machst du denn schon wieder hier? Ich dachte, du bis mit deinen Kumpels unterwegs!«

»Wawawawa…«, setzte der junge Mann an, doch ich schnitt ihm das Wort ab. »Jetzt nicht! Ich muss was mit den Rabenaus besprechen. Geh zu den anderen und hilf bei der Suche!« Wie ein gescholtener Schuljunge schlich er die Treppe hinab. Ich erinnerte mich, dass Kaminski ihn als zurückgeblieben beschrieben hatte. Wahrscheinlich traf das zu.

Bei Rabenaus in der Küche stand ein schmales junges Mädchen. Ich erkannte es nicht, obwohl es mich an jemanden erinnerte. Rotblonde Locken fielen auf den Kragen eines Herrenhemdes, das dem zierlichen Geschöpf viel zu groß war.

»Hast du eine Schwester?«, fragte ich Lena.

Erst, als das Mädchen im Hemd sich mir zuwandte, erkannte ich Frau Rabenau. Bei meinem letzten Besuch hatte sie im Bett gelegen wie eine alte Frau. Jetzt hüpfte sie wie Rumpelstilzchen von einem Bein auf das andere, doch die tiefen Furchen vom Mund zur Nase verrieten ihr tatsächliches Alter. Sie musste um die vierzig sein.

»Möchtest du ein Plätzchen?«, fragte sie mich mit Kleinmädchenstimme und hielt mir einen undefinierbaren Klumpen hin.

»Mutter …«, beschwichtigte Lena.

»Was denn?« Sie fuhr mit dem Zeigefinger durch eine Schüssel und leckte ihn ab. »Sieh mal! Für noch mehr Plätzchen! Heute backen wir!«

»Möchtest du nicht deine Tabletten nehmen, Mutter?« Lenas Stimme klang resigniert.

»So ein schöner Tag heute! Die Sonne scheint! Wir pflücken Beeren im Garten!«

»Mutter. Die Beeren sind noch nicht reif. Es ist Mai. Und wir haben keinen Garten mehr. Vati hat keine Zeit dafür.«

»Dann holen wir die Weidenkätzchen auf Tremonia. Neben dem Bunker. Da haben wir früher immer die Jungs geküsst. Natürlich war ich da noch nicht verheiratet. Da hätte mich mehr als einer gern genommen, damals.« Sie kicherte verzückt. »Doch dann kam der Rabenau. Mutter meinte, Handwerk hat goldenen Boden. Also hab ich ihn geheiratet.«

Mich durchzuckte plötzlich ein Strahl der Erkenntnis. Der Bunker! Hatte Trinkhallen-Trudi den Bunker auf Tremonia als mögliches Versteck für Manni im Kopf gehabt? Dann hatten Luschinski und ich den falschen überprüft. Und falls sie ihn gemeint hatte, war dort bereits nach Manni gesucht worden?

Wahrscheinlich sind die Suchtrupps schon von selbst darauf gekommen, beruhigte ich mich. Schließlich waren sie ortskundig, und das Gelände schien ein beliebter Treffpunkt zu sein.

Lena schüttelte so heftig den Kopf, dass der Pferdeschwanz flog. »Mutter! Setz dich doch bitte mal hin.«

»Ist heute Samstag? Dann heizen wir schon mal den Herd vor! Heute ist Badetag. Ist schon vier Uhr?«

»Nein, Mutter.«

»Wo ist dein Vater, Lena?«, fragte ich.

»In der Werkstatt. Im Hof, er muss arbeiten. In der Woche hat er nicht viel geschafft.«

»Die Männer haben ihn heute Morgen erwartet«, sagte ich leise, während Frau Rabenau fröhlich weiter ihre Geschichten erzählte. »Und wo ist dein Bruder Detlef?«

Lena zuckte mit den Schultern. »Er sagte, er wollte mit suchen gehen.«

»Im Gemeindehaus war er aber nicht.«

Lena seufzte. »Mein Bruder ist ein Flegel.«

»Zucker! Ich brauche Zucker!« Frau Rabenau riss den Küchenschrank auf. »Der Teig ist nicht süß genug!«

»Mutter! Nimm deine Tabletten, bitte!«

Doch Frau Rabenau lebte in ihrer eigenen Wirklichkeit und handelte nach ihrem eigenen inneren Drehbuch. Sie erwischte das Päckchen mit dem Salz und streute reichlich davon in den Teig, ohne die Verwechslung zu bemerken. Anschließend suchte sie in der Schublade nach einer Eieruhr. Stattdessen zog sie eine Armbanduhr heraus. »Auch gut!«

Es handelte sich dabei um eine Herrenuhr mit einer Manschette aus Metallscharnieren. Frau Rabenau legte den viel zu großen Zeitmesser um ihr schmales Handgelenk. Dabei bemerkte ich, dass der Stundenzeiger auf die Fünf wies. Die Uhr tickte nicht, man hatte vergessen, sie aufzuziehen.

Sie kam mir bekannt vor.

»Geben Sie mir die Uhr einmal, bitte?«, fragte ich.

»Nein, das ist meine! Die brauche ich jetzt!« Frau Rabenau schüttelte so heftig den Kopf, dass ihre langen Haare flogen.

»Nur einmal schauen! Bitte!« Ich griff nach ihrem Handgelenk und drehte das Zifferblatt in meine Blickrichtung. Erstaunlicherweise hielt sie still.

Als ich die Uhr näher in Augenschein nehmen konnte, bemerkte ich, dass beim Minutenzeiger eine Ecke abgeknickt war. Außerdem zog sich eine tiefe Schramme von der Ziffer elf zur Ziffer eins. Nun war ich mir sicher, dass ich die Uhr schon einmal gesehen hatte, auch wenn die Schramme damals nur angedeutet gewesen war. Und mir fiel auch ein, wo.

»Darf ich mir die Uhr kurz ausleihen? Ich bringe Sie Ihnen gleich zurück. Bitte«, redete ich sanft auf die verwirrte Frau ein. Sie ließ zu, dass ich ihr die Manschette, die ohnehin nur lose saß, über die Hand zog und die Uhr in meine Linke gleiten ließ.

Der Hof verriet Rabenaus Gewerbe. Dachpfannen, von Planen bedeckt, lagerten an einer der Häuserwände. Eine Kreissäge stand vor der Werkstatt, die, leicht erhöht, über eine Rampe zu erreichen war. Der verbeulte Transporter hatte schon bessere Tage gesehen.

Der Dachdecker saß an einem Tisch in der Werkstatt, offensichtlich mit der Buchhaltung beschäftigt. Er erhob sich schwerfällig, als ich den Raum betrat. »Guten Tag, Fräulein Gerlach.«

Erstaunt sah er auf den Gegenstand in meiner Hand. »Die Uhr?« Er besah sich den Zeitmesser. »Ja, das ist meine. Die vermisse ich seit einigen Wochen. Wo haben Sie die denn gefunden?«

»Das wüsste ich gerne von Ihnen. Wo haben Sie sie liegen lassen?«

Holzlatten, teils zerstückelt, lagen auf dem Boden.

»Ich weiß es wirklich nicht, Fräulein Pastor.« Ich roch den Männerschweiß, der in der Luft hing.

»Kann es sein, dass Sie die Uhr in Hannings Pfarrhaus vergessen haben?«

»Bei Hanning?« Er wirkte ehrlich erstaunt. »Wann soll das gewesen sein?«

»Als Sie den toten Pastor nachts die Treppe heraufgeschleift haben?«

»Fräulein Gerlach! Ich muss doch sehr bitten!«

»Ich habe die Uhr am Sonntag in Hannings Küche gesehen. Am Ostersonntag. An dem Tag, als Schwester Käthe und ich die Leiche gefunden haben«, präzisierte ich.

»Vielleicht ein ähnliches Modell?«

»Es war dieselbe. Sehen Sie« – ich zeigte auf das Zifferblatt – »beim Minutenzeiger ist eine Ecke angeknickt.«

»Da haben Sie sich die Uhr aber sehr genau angeschaut!« Rabenau versuchte, desinteressiert zu wirken, doch seine Stimme zitterte.

»Wir mussten eine ganze Weile auf den Arzt warten. Ich habe mehrmals die Zeit abgelesen. Deshalb erinnere ich mich so genau.«

Der Geruch nach Schweiß intensivierte sich.

»Und wo ist die Uhr wieder aufgetaucht?«

»In Ihrer Küche. In einer der Schubladen. Ihre Frau hat sie dort herausgezogen.«

»Das kann ich mir überhaupt nicht erklären.«

»Können Sie bezeugen, dass Sie mit der Angelegenheit nichts zu tun haben?«

»Ja, natürlich«, erwiderte Rabenau. Doch er hielt meinem Blick nicht stand.

Ich erhob mich. »Dann schlage ich vor, dass wir gemeinsam zu Kellmann gehen und dass Sie ihm berichten, was es mit der Uhr auf sich hat!«

In diesem Augenblick schnappte Rabenau blitzschnell nach der Uhr in meiner Hand. Reflexartig schloss ich die Finger darum. »Herr Rabenau! So geht das nicht!«

»Geben Sie schon her! Was geht Sie das alles an! Sie Schnüfflerin!«, rief er mit kaum unterdrückter Wut in der Stimme. Er versuchte, mit Gewalt meine Faust aufzubiegen.

»Aua! Lassen Sie das!«

Schweißperlen rollten ihm von der Stirn. »Das beweist gar nichts! Ich habe die Uhr vor ein paar Tagen gefunden. Als wir nach Manni gesucht haben. Ich habe sie mit nach Hause genommen. Keine Ahnung, wer sie in Hannings Haus geschleppt hat.«

»Das können Sie dem Kommissar doch alles erzählen! Wenn es so harmlos ist.«

Rabenau packte meine Oberarme und schüttelte mich. Seine Augen waren jetzt fast schwarz; sie traten aus dunklen Höhlen hervor. Sein Atem ging stoßweise. Ich roch Spuren von Zwiebeln und schalem Bier. »Loslassen!«

Ich bekam es mit der Angst zu tun. Befand ich mich mit einem Mörder in demselben Raum? Wenn er mich nun auch umbrachte?

»Hilfe!«, rief ich. »Hilfe! Hilfe!«

So schnell, wie er mich gepackt hatte, ließ er wieder los. »Entschuldigung.« Er sackte in sich zusammen. »Nichts für ungut, Fräulein Pastor.« Sein schwerer Atem kam zur Ruhe. Er strich sich durch das schüttere Haar.

Ich straffte meinen Körper. »Schon vergessen. Gehen wir ins Gemeindehaus zum Kommissar.«

Sägespäne blieben unter meinen Schuhsohlen kleben, als wir den Hof überquerten.

Rabenau im Schlepptau, ging ich durch die mittlerweile recht belebten Straßen auf das Gemeindehaus zu. Aus einem der Fenster scholl die Stimme eines Radiosprechers, der zum wiederholten Mal das Fußballspiel am Nachmittag ankündigte.

Meine Gedanken rotierten. Wie weit war der Dachdecker in die unglückselige Geschichte verwickelt? Er hatte ein Motiv, nämlich den Wunsch, seinen Vater zu schützen.

Sonderlich viel Werkzeug hatte es nicht gebraucht, um Hanning umzubringen. Ein Leck in die Heizanlage zu schlagen erforderte wenig Aufwand, zumal für einen Handwerker, der sich mit der Technik auskannte. Der Pastor mit seinem schwachen Herzen hatte in dem Keller mit der defekten Anlage nur kurze Zeit überleben können. Einmal feste von außen gegen die Tür gedrückt, während der Pastor Kohlen nachschippte, und die Sache hatte sich schnell erledigt. Für einen kräftigen Kerl wie Rabenau wäre es ein Leichtes gewesen, den schmächtigen Theologen die Treppe in den ersten Stock hinaufzuschleifen.

Doch nicht alles ließ sich damit lückenlos erklären.

»Herr Rabenau?« Der Mann hinter mir grunzte unwillig. »Warum haben Sie Manni entführt? Und vor allem, wohin?«

Der Dachdecker murmelte Unverständliches. Ich bohrte nicht weiter nach. Sollte der Kommissar ihn verhören. Es war schließlich sein Beruf und nicht meiner.

Trinkhallen-Trudi war an diesem Vormittag in Hochform. Sie winkte uns schon von Weitem zu.

»Ja, sinnze denn getz alle verrückt geworden!«, rief sie begeistert. »Erst kommt der Pastor hier längs, der Dicke, der, den's nich erwischt hat …«

»Kruse!«

»Sach ich doch. Kruse. Kommt hier vorbei, nimmt sich 'n Bier, wat er sonst nie tut, nich mal abends, und trinkt's in einem Zug leer … und sacht noch dabei: ›Und führe uns nich in Versuchung!‹ – Ja, wie soll man dat denn verstehen?«

Bedeutungsvoll sah sie uns an.

»Dann kommen welche von den Jungens vorbei und wollen auch 'n Bier, aber ich hab ihnen keins gegeben, von wegen Jugendschutz und so ...«

»Welche Jungens? Die von Mannis Fußballmannschaft?«

»Woher soll ich dat denn wissen!« Trudi stemmte die Hände in die Hüften und blitzte mich an.

»War Giovanni auch dabei?«

»Wer bitte?«

»Der Kräftige, Dunkle, etwas Ältere!«

»Nee. Nich, dass ich wüsste ... Doch halt! Da kam so einer, der hat nach 'm Frollein Pastor gefragt. Das heißt, der wollte. Hat gestottert wie 'n Motor ohne Benzin, ich konnt ihn kaum verstehen ...«

»Also doch Giovanni«, fasste ich zusammen. »Wo ist er hin?«

»Weiß ich nich, hat er nich erzählt. Nach da hinten raus jedenfalls.« Sie wies in Richtung Gemeindehaus.

»Und getz du, Rabenau! Wat machste denn hier mit 'm Frollein Pastor am helllichten Tag?«

Rabenau brummelte vor sich hin.

»Trudi«, sagte ich, »war nett, mit Ihnen zu plaudern. Wir müssen jetzt aber weiter!«

»Ach ja!«, rief sie hinter uns her. »Eh ich's vergesse: Der Reporter kam auch noch hier vorbei. Hat nach Ihnen gefracht, der Gute!«

»Martha!«, seufzte er theatralisch. »Ach, Martha, wirst du mir je verzeihen können? Ungebührlich war mein Verhalten, durch nichts zu entschuldigen. Nur zu erklären durch mein Verlangen nach dir.« Luschinski simulierte einen Kniefall. »Und durch den übermäßigen Genuss geistiger Getränke in dunkler Nacht!« Er zeigte ein zerknirschtes Gesicht.

»Luschinski!«, sagte ich streng. Dann musste ich leider grinsen. »Seit wann duzen wir uns?«

»Seit gestern Abend. Oder etwa nicht?« Er zwinkerte mir zu.

»Das könnte einen ganz falschen Eindruck erwecken!«

»Ach, Gnädigste!«, seufzte der Reporter. »Ist denn Ihr Herz nicht zu erweichen!«

An dieser Stelle musste ich lachen. Ich lachte die ganze Anspannung weg, die sich durch den Tod des Kollegen, die Drohbriefe und das Verschwinden Mannis angesammelt hatte. Ich lachte, bis mir die Tränen die Wangen herunterkullerten und ich mich auf den nächsten Stuhl fallen lassen musste.

»Luschinski!«, japste ich. »Luschinski, hör auf damit!«

Der Reporter tätschelte meinen Rücken. »Schon gut. Schon gut, Martha! Beruhige dich! Also bleiben wir beim Du?«

Ich gab nach. »Meinetwegen. Wie heißt du eigentlich mit Vornamen?«

Qualm drang durch die Ritzen. Dann flog die Tür auf, und ein ernst dreinblickender Kommissar Kellmann erschien. Zwischen ihm und seinem Assistenten stand Rabenau und blickte bedrückt zu Boden.

»Abführen!«, befahl Kellmann und trat den Zigarettenstummel mit dem Absatz aus. »Verhaften! Rabenau hat gestanden.«

»Gestanden? Den Mord an Hanning?«

»Mord ist zu viel gesagt. Es handelt sich mutmaßlich um Totschlag. Das entscheidet das Gericht. Jedenfalls, er war's!«

Luschinski hatte bereits seinen Notizblock gezückt und stenografierte eifrig mit.

»Und was war das Motiv?«

»Herr Rabenau wollte den Ruf seines verstorbenen Vaters schützen. Pastor Hanning war der Meinung, das Haus sollte dem Enkel der Lewinskys zurückgegeben werden. Das hätte ein schlechtes Licht auf die Familie Rabenau geworfen.« Damit bestätigte Kellmann meine Befürchtungen.

»Ist das ein ausreichender Grund für einen Mord?«, stellte Luschinski die Frage, die mir ebenfalls unter den Nägeln brannte.

Kellmann räusperte sich. »Noch einmal: Schreiben Sie nicht Mord. Der Verdächtige wollte dem Opfer lediglich einen Denkzettel verpassen, behauptet er. Dass es zum Äußersten kam, lag nicht in seiner Absicht. Der Staatsanwalt wird den Fall eingehend untersuchen.«

»Wie genau war der Hergang?«

Kellmann winkte ab. »Die Einzelheiten berichten wir später, Luschinski. Rabenau will zuerst mit einem Anwalt sprechen.«

Hinter dem Reporter tauchte eine weitere männliche Gestalt auf, Giovanni. Er öffnete mehrmals den Mund, bevor ein Laut zu hören war. »Ma-Ma-Ma-Ma-Manni …«

Der Kommissar zündete die nächste Zigarette an und wandte sich entnervt ab.

»Ja, genau«, nahm ich das Stichwort auf, »was ist mit Manni? Wo steckt er? Die Zeit drängt, das haben Sie doch selbst gesagt. Wäre es nicht wichtiger, dass Rabenau uns zu Manni Jankewicz führt, als ihn zu verhaften? Er sollte uns zuerst zum Versteck führen!«

Der Kommissar reagierte ironisch. »Gut, dass Sie so genau wissen, was zu tun ist, Fräulein Gerlach. Haben Sie eigentlich die Predigt für morgen schon vorbereitet?« Der Duft nach gekochtem Fleisch mischte sich mit dem Rauch von Kellmanns Zigarette. »Gibt es Essen?«

Schwester Käthe tauchte aus der Küche auf. »Eintopf. Erbsensuppe. Sie können nachher auch einen Teller voll bekommen, Schwester Gerlach, wenn sie fertig ist. Aber erst sagen Sie der Lena mal Bescheid, dass ihr Vater verhaftet ist.«

NEUNZEHN

Frau Rabenaus kurzer Ausflug in die Welt der Normalen war bereits beendet. Als ich kurz nach dem Mittagsläuten erneut die Wohnung des Dachdeckermeisters betrat, lag sie im Bett und glich wieder der alten, lebensmüden Frau, die ich kannte.

Lena war in der Küche mit dem Sonntagsbraten beschäftigt und wurde leichenblass, nachdem sie meinen Bericht gehört hatte. »Vater? Schuld an Hannings Tod?«, fragte sie bestürzt. Sie wischte sich die Hände am Geschirrtuch ab. »Wie kann das sein? Er könnte keiner Fliege etwas zuleide tun.«

Ich dachte an seinen Übergriff morgens in der Werkstatt. Menschen taten ungewöhnliche Dinge, wenn die Nerven blank lagen. Das Mädchen hatte es schwer. Ich ersparte mir einen Kommentar.

»Was wird aus Mutter, wenn Vater einsitzt? Wer kümmert sich um sie? Wer bringt das Geld nach Hause?«

Hilflos schüttelte ich den Kopf.

»Dann kann ich auf keinen Fall weiterstudieren«, fasste Lena ihre düsteren Zukunftsaussichten zusammen.

»Möglicherweise nicht«, bestätigte ich vorsichtig. »Aber wer bezahlt denn jetzt dein Studium? Dein Vater ist dagegen, oder nicht? Er zahlt es doch nicht?«

Lena schwieg.

»Lena? Welches Geheimnis hast du mit Hanning geteilt?«

»Ach, nichts Besonderes.«

Die roten Locken fielen vornüber, sodass ich ihren Gesichtsausdruck nicht erkennen konnte.

»Hattet ihr nicht einen Hund?«, versuchte ich es mit einem anderen Thema. »Neulich saß er hier unter dem Tisch.«

»Flocki ist mit Detlef raus.«

»Etwa Manni suchen?«

»Flocki hat Angst vor seinem eigenen Schatten. Der kann nicht beim Suchen helfen. Auch sonst ist er nicht sehr nützlich.« Die Sommersprossen um die Nase herum tanzten, als sich die Mundwinkel nach oben zogen. Einer ihrer seltenen Scherze.

»Hat dir Hanning Geld hinterlassen, damit du studieren kannst?«, versuchte ich es erneut.

Lena seufzte. »Er hat mir ein Sparkonto eingerichtet. Ich wäre so begabt, meinte er, wäre schade, wenn ich nicht studieren würde. Wenn ich wollte, könnte ich das Geld später zurückzahlen. Oder jemand anders unterstützen.«

»Hat er keine Gegenleistung verlangt?«

»Nicht das, was Sie jetzt vielleicht denken.« Nun schaute sie mich mit ihren blaugrauen Augen direkt an. Ihre Sommersprossen zogen sich zusammen, als sie die Stirn runzelte.

»Was hat er stattdessen von dir erwartet?«

Kurzes Zögern. »Ich habe ihn gesehen. Mit Frau Jankewicz. Als ich einmal in das Pfarrhaus kam, um nach der alten Mutter zu sehen, saßen sie zusammen auf dem Sofa.«

»Sie saßen auf der Couch? Das ist alles?«

»Er hielt ihre Hand und hatte den Arm um sie gelegt.«

»Das erscheint mir eigenartig. Hanning wusste doch, dass du einen Schlüssel hast. Und Schwester Käthe auch.«

»Da hat er wohl nicht daran gedacht in dem Moment.«

»Wie lange ist das her?«

Sie zuckte mit den Schultern. »Vielleicht ein Jahr? Es muss kurz nach meinem Abitur gewesen sein. Frau Jankewicz hatte gerade in Hannings Haushalt angefangen.«

Dann fügte sie leise hinzu: »Er hat Angst gehabt. Vor dem, was kommt. Vor dem Gerede der Leute. Er brauchte jemanden zum Sprechen.«

»Und das warst du? Obwohl du erst – wie alt bist du?«

»Im Juni werde ich einundzwanzig.«

Lena wirkte reif für ihr Alter, bestimmt auch, weil sie sehr früh hatte Verantwortung übernehmen müssen.

»Möchtest du einmal heiraten, Lena?«, fragte ich.

»Ich weiß nicht«, erwiderte sie leise. »Ich sollte wohl besser keine Kinder bekommen. Wegen Mutters Krankheit. Sie könnte sich vererben.«

Vor der Wohnungstür kläffte ein Hund.

»Detlef kommt mit Flocki«, stellte Lena fest, erleichtert über die Unterbrechung.

Wenig später betrat ihr Bruder den Raum, seine Promenadenmischung an der Leine. Sein Gesichtsausdruck wirkte fast noch mürrischer als sonst. »Tach auch.«

»Detlef, wo warst du?«, fragte Lena.

»Geht dich nichts an. Gibt's was zu essen?« Er öffnete den Kühlschrank und entnahm ihm eine Scheibe Wurst, die er sich ohne Brot in den Mund steckte.

»Vater ist verhaftet worden.«

»Hab schon gehört, dass der Alte eingefahren ist. Selbst schuld.«

»Detlef!«, tadelte die große Schwester. »Wie kannst du nur so reden!«

»Ich rede, wie's mir gefällt.«

»Hast du auch mal überlegt, wie es hier weitergeht, wenn Vater nicht mehr alles zusammenhält? Du rührst doch keinen Finger!«

Ich hörte dem Geplänkel der Geschwister nur mit halbem Ohr zu. Etwas anderes fesselte meine Aufmerksamkeit.

Der Abreißkalender mit den Sprüchen an der Wand zeigte den 17. April. Ostersamstag, die Nacht, in der Hanning zu Tode kam.

Mittlerweile schrieben wir den 22. Mai. Niemand hatte die Blätter abgerissen.

Ich wollte Lena fragen, was es damit auf sich hatte. Doch in diesem Moment betrat eine ältere Frau in Kittelschürze die Küche. Ich kannte sie vom Sehen. War es Rabenaus Mutter oder seine Schwiegermutter?

Sie streckte mir die Hand hin. »Guten Tag, Fräulein Pastor!«

»Guten Tag …«

»Frau Rabenau«, half sie mir weiter. »Die Mutter von Dachdecker Rabenau. Das ist meine Enkeltochter!« Sie wies auf Lena.

»Angenehm«, murmelte ich.

»Ich hörte, mein Sohn ist verhaftet?«

Klare blaue Augen richteten sich auf mein Gesicht. Ihre Züge waren fein gemeißelt. Die Haut wirkte durchsichtig, der

Haarknoten über dem Gesicht war weiß mit einem Stich ins Graue, wie frisch gefallener Schnee im Kohlenpott. Sie musste einmal eine sehr schöne Frau gewesen sein. Lena sah ihr ähnlich.

»Ihr Sohn hat gestanden, dass er etwas mit Hannings Tod zu tun hat. Er war in der fraglichen Nacht im Pfarrhaus ...«, berichtete ich stockend.

Wieder sah sie mich prüfend an. »Das kann nicht sein«, beschied sie. »Mein Sohn war nachts zu Hause.«

»Sind Sie sicher?«

»Meine Schwiegertochter hatte einen Anfall. Stundenlang rannte sie in der Wohnung herum und konnte sich nicht beruhigen. Mein Sohn rief den Arzt an. Er kam und gab ihr eine Spritze.«

»Erinnern Sie sich, wann das war?«

»Die Küchenuhr zeigte kurz nach eins.« Sie blickte auf den hellen, runden Zeitmesser an der Wand. Für einen Moment hörte man das Ticken im Raum.

»Das muss eine schlimme Nacht gewesen sein.«

»Sehr schlimm«, sagte die alte Dame schlicht. »Wir hatten gehofft, sie wäre auf dem Weg der Besserung. Über Monate hinweg war sie fast normal. Sie kümmerte sich sogar wieder um den Haushalt. Nun muss wieder ich kochen, wenn Lena zum Studium fort ist.« Sie seufzte leise.

Lena pikte mit der Gabel in das halb gare Fleisch und tat so, als interessiere unser Gespräch sie nicht.

»Und was war an Ostersamstag?«

»Margit war den ganzen Tag schon unruhig. Sie wollte ausgeblasene Ostereier bemalen, zerbrach eines nach dem anderen, wurde wütend, holte die Trinkgläser aus dem Schrank und warf sie auf den Boden. Mein Sohn war verzweifelt.« Frau Rabenau sprach einwandfreies Hochdeutsch, aber vermutlich kam sie von hier.

Langsam knöpfte sie die Kittelschürze auf. Darunter zeigte sich ein blauer Rock, der ihre Augenfarbe betonte, und eine tadellos gebügelte helle Bluse. »Ich habe meinen Sohn gewarnt. Doch er wollte sie heiraten und keine andere.«

»Ist die Krankheit erblich?«

»Das weiß man nicht. Um Lena mache ich mir keine Sorgen. Detlef allerdings …«

Sie schaute sich vorsichtig um, doch der Sohn des Hauses hatte die Wohnung schon wieder verlassen.

Lena wischte das Spülbecken aus und täuschte immer noch Desinteresse vor.

»Detlef bereitet uns Kummer. Von klein auf war er anders. Er lässt sich von niemand etwas sagen. Am liebsten zieht er alleine los.«

»Er hat doch Freunde in der Siedlung.«

Lena warf die Spülbürste ins Becken. »Ach was, Freunde. Die hecken nur Unsinn zusammen aus.«

»Karnickel köpfen«, stimmte ich zu.

»Die kann man alle in einen Sack stecken und draufhauen, und man trifft immer den Richtigen.«

War das wieder ein Scherz? Lena verzog keine Miene.

»Warum glauben Sie, Ihr Sohn könne es nicht gewesen sein? Die Nacht war lang …«, wandte ich mich wieder an die ältere Dame.

»Er war völlig erschöpft, nachdem Margit eingeschlafen war.«

Ich versuchte, mich an den Gottesdienst am Ostersonntag zu erinnern. Rabenau hatte die nächtlichen Ereignisse nicht erwähnt. Er war sehr still gewesen. In der halbdunklen Kirche war mir nicht aufgefallen, dass er anders aussah als sonst.

»Wenn Sie sicher sind, dass Ihr Sohn damit nichts zu tun hat, sollten Sie das dem Kommissar mitteilen.«

Frau Rabenau sah mich prüfend an. Dann wandte sie sich wortlos ab.

ZWANZIG

Wieder draußen, heftete sich erneut der unwillkommene Schatten an meine Fersen. »Giovanni! Du schon wieder!«

Ich beschleunigte meine Schritte, doch der junge Mann ließ sich nicht abschütteln.

»Giovanni! Geh nach Hause! Ich will ins Gemeindehaus, schauen, ob ich helfen kann!« Und außerdem die Neuigkeiten von Rabenaus unruhiger Nacht verraten, die sein Geständnis fragwürdig machten. Ob sie ihn danach aus dem Polizeigewahrsam entlassen würden? Warum hatte er sich selbst belastet, wenn er es nicht gewesen war?

In Gedanken versunken wollte ich weitereilen, doch der hartnäckige junge Mann fasste mich am Arm und hielt mich fest.

»Ma-ma-ma-Manni«, setzte er an.

»Wenn du einen Hinweis hast, erzähl bitte der Polizei davon.«

»Ni-ni-ni-nich Po-Po-Polzei.«

Ich verstand. Der ungeduldige Kellmann würde sich kaum die Mühe machen, dem Stotterer zuzuhören. Er nahm ihn genauso wenig ernst wie mich.

»Gut. Dann erzähl es mir!«

Doch Giovanni zog mich weiter. »Mi-mi-mimitkomm.«

Ich überlegte nur kurz. Wenn auch nur die geringste Chance bestand, dass er mich zu Mannis Versteck führte, hatte ich keine Wahl.

Wir kamen durch das Schlesierviertel. Junge Männer standen an der Ecke, eine Flasche Bier in der Hand. Aus dem Transistorradio erklang eine Männerstimme, die einmal mehr auf das baldige Fußballturnier hinwies, abgelöst von scheppernder Musik. »Die Beatles, mach lauter!«, rief einer der Umherstehenden. Von den Beatles hatte selbst ich schon gehört. Englische Musiker mit extravaganten Frisuren, genannt Pilzköpfe. »Yeah, yeah, yeah!«, erschallte es zwischen den Häusermauern.

Es herrschte die leicht aufgeheizte Stimmung vor einem bedeutenden Fußballspiel. Wie sonst auch. Bier, Musik, Stimmengewirr, das sich im Laufe des Nachmittags zu trunkenem Grölen steigern würde.

Im hellen Mittagslicht erkannte ich die Unzulänglichkeiten der Siedlung: nachgedunkelte Häuserwände, Mülltonnen, die vereinzelt überquollen, und große Schlaglöcher auf der Straße.

Rentner führten ihre Hunde spazieren. Im Rinnstein und sogar auf dem Bürgersteig lag Hundekot.

»Wo führst du mich hin?«, wollte ich wissen.

Mein Begleiter antwortete nicht.

Wir unterquerten die Bahnlinie. Links befand sich die Schrebergartenanlage, in der ich mit Luschinski gesessen hatte. Wie lange war das her, Tage, Wochen? Die Tulpen und Narzissen waren am Verblühen. Nun zeigten sich zaghaft die ersten Rosenblüten. Väter werkelten an den Lauben. Einige hatten es sich davor bequem gemacht, hielten die noch weißen Bäuche schonungslos in die warme Maisonne. Ihre Frauen packten derweil die Picknickkörbe aus, deckten Tassen und Teller auf. Kuchen kamen zum Vorschein, begierig beäugt von den umherstehenden Kindern. Aus den Zechenhäusern schollen Stimmen, im Hintergrund rauschte das Radio. Eine hagere Frau mit Lockenwicklern und Kittel erschien in einem Fenster im Obergeschoss.

Alles war wie immer.

Wo waren die Suchtrupps? Interessierte sich keiner mehr für Mannis Schicksal? Hatte man ihn aufgegeben? War das Pokalfinale wichtiger?

»Wohin willst du?«, fragte ich meinen Begleiter erneut. Hinter den Zechenhäusern bog er nach rechts ab.

Ich ahnte, was das Ziel des Spaziergangs war, noch bevor wir den sagenumwobenen Ort erreichten.

»Tremonia!«, flüsterte ich. »Das Tremoniagelände!«

Groß und unübersichtlich dehnte sich die wilde Wiese bis zum Horizont. Büsche, Birken und Gestrüpp nahmen die Sicht. Zwischen den Bäumen lag Metallschrott auf der Wiese, Müll,

Autoteile, inmitten von Löwenzahn. Ich bemerkte einen rostigen Schienenstrang, auf dem der letzte Zug wahrscheinlich vor Jahrzehnten gefahren war.

Stellenweise war die Wiese niedergetrampelt. Die Spuren waren noch frisch; vermutlich hatten die Suchtrupps erst heute das Gelände durchkämmt. Nun wirkte die Gegend unheimlich und verlassen, überwuchertes Brachland, dessen einziger Lichtblick ein gelb leuchtender Ginsterbusch war. Keine Menschenseele war zu sehen.

Wo waren die Kinder, die das Gelände als Abenteuerspielplatz nutzten, die Jugendlichen, die sich hier zum Stelldichein trafen oder heimlich rauchten?

Schwach im Hintergrund vernahm ich den Verkehrslärm von der Bundesstraße. Ansonsten wies nichts darauf hin, dass wir uns in einer Großstadt befanden. Mitten im Kohlenpott.

Mich fröstelte, obwohl es über zwanzig Grad warm war. Mein stummer Gefährte trug nicht zur Steigerung meines Wohlbefindens bei.

»Giovanni? Hier waren schon Leute …«

Doch der Junge ging zielstrebig weiter. Ich stolperte hinter ihm her, zwischen Büschen und Bäumen hindurch, blieb mit meinen halbhohen Absätzen im Gras hängen, zerkratzte mir das Schuhleder. Ein dorniger Zweig riss einen Winkelhaken in meinen Rock. Ich hatte Mühe, Giovanni zu folgen.

Als wir stehen blieben, merkte ich, dass wir nur wenige Meter entfernt von einem dunklen fensterlosen Gebäude standen.

»Der Bunker«, flüsterte ich. Diese trutzige Festung musste Trinkhallen-Trudi gemeint haben. War das erst einen Tag her?

»Jajajaja!«, stotterte Giovanni, und seine Stimme verdrängte das Gefühl von Unwirklichkeit, das sich wie ein Gespinst in meinem Bewusstsein festgehakt hatte.

Mein Begleiter umrundete den Bau. Jetzt sah ich, dass auf der anderen Seite eine Straße vorbeiführte. Alte Häuser in schlechtem Zustand säumten sie. Auch dort war niemand zu sehen. Giovanni blieb an einem Vorbau des Bunkers stehen. Hier musste sich einst ein Eingang befunden haben. Er war nun zugewuchert mit Unkraut und Gestrüpp.

»Autsch!«, entfuhr es mir, als kniehohe Brennnesseln meine Beine streiften. Es juckte durch die Nylons hindurch.

Behutsam bog Giovanni die Pflanzen zur Seite. Einige waren geknickt, ein Hinweis darauf, dass hier vor Kurzem jemand gewesen sein musste.

Ich erblickte einen Bretterverschlag.

»Alles zu!«, rief ich. »Wir können nicht hinein!«

Meine Stimme durchschnitt die Stille. Ich redete weiter gegen meine Beklommenheit an. »Meinst du, er könnte da drin sein?«

Giovanni rüttelte leicht an ein paar Brettern. Eines saß locker und ließ sich entfernen. Durch den Spalt fasste der junge Mann nach innen, sein Arm verschwand in der Öffnung. Dann verschob er ein weiteres Brett. Das Loch, etwa einen halben Meter über dem Boden, war nun so groß, dass ein Bernhardiner oder ein Grundschulkind hätte hindurchkriechen können.

Ungeduldig trat ich von einem Fuß auf den anderen.

»Manni!«, rief ich in den Bunker hinein. »Manni! Bist du da drin?«

Die Stimme hallte von den Steinwänden wider.

Mein Begleiter ließ sich nicht beirren. Er vergrößerte das Loch, indem er ein weiteres Brett herauszog. Dann stupste er mich am Arm und zeigte auf die Öffnung.

»Da soll ich jetzt rein?« Mein Herz schlug bis zum Hals.

Er nickte.

»Manni! Manni!«, rief ich erneut. Wieder nur das Echo.

»Ich glaube nicht, dass er da drinnen ist«, versuchte ich, das Unvermeidliche abzuwenden, doch mein stummer Geselle wies beharrlich auf das Loch.

Wenn Manni sich nun tatsächlich in dem Bunker befand, vielleicht sogar verletzt oder in Lebensgefahr?

»Oh Gott! Steh mir bei!«, schickte ich ein Stoßgebet zum Himmel und sagte dann zu Giovanni: »Sollen wir zusammen hineingehen?«

Mit hängenden Armen stand mein stummer Begleiter seitlich von der Bretterkonstruktion an der Mauer. Er rührte sich nicht.

»Gut. Ich versuche es dann mal.«

Ich ließ meinen rechten Fuß in die Öffnung gleiten und stieß mir prompt einen Splitter in die Wade. Eine Laufmasche zog sich von unten nach oben durch meine Strumpfhose. Doch das war mir egal. Vorsichtig spähte ich in das Halbdunkel und erkannte die Umrisse einer Steintreppe.

Ich bemühte mich, meine Angst zu bezwingen, zog den zweiten Fuß nach und stand nun mit beiden Beinen auf dem harten Steinboden im Bunker.

»Giovanni?« Ich drehte den Kopf zur Bretterwand. Der junge Mann war verschwunden. Verbarg er sich im toten Winkel an der Seite, oder war er weggegangen? Das Licht malte einen hellen Fleck auf den Boden, doch mir schien, als wäre das Loch kleiner geworden. Hatte Giovanni einige der Bretter wieder vorgeschoben?

Ich lauschte in die Stille hinein. Keine Antwort, kein Atemgeräusch. Stattdessen stieg mir der Geruch eines verwesenden Körpers in die Nase.

»Manni? Manni?«, rief ich voller Angst.

Ich stieß an etwas Weiches, Glitschiges. Mit dem Fuß zeichnete ich die Umrisse nach. Kein Mensch, Gott sei Dank, dafür war der Körper zu klein. Ein weiterer Kaninchenkadaver.

Plötzlich war ich mir sicher, dass sich Manni in dem Bunker befand. Ohne nachzudenken, begab ich mich tiefer in das Gebäude hinein. Wieder und wieder rief ich nach Manni.

EINUNDZWANZIG

Er würde sterben. Angespannt lauschte ich auf die flache Atmung. Seine Hand war heiß. Manchmal zuckte sie im Delirium.

Er würde sterben, sobald ich seine Hand losließ.

»Manni?«, flüsterte ich. »Halt durch. Bleib bei mir. Bestimmt kommen sie gleich.«

Ich war mir dessen nicht sicher. Hatte Giovanni mich in eine Falle gelockt? Wollte er mich loswerden, weil ich zu viel wusste? Man musste kein Arzt sein, um festzustellen, dass Manni dringend Hilfe brauchte. Wie lange lag er schon in seinem Versteck, Stunden, Tage? Am Hinterkopf ertastete ich eine Beule. Über dem Auge nahm ich eine Blutkruste wahr.

Nur ein schmaler Streifen Licht fiel durch den Spalt in der Bretterwand. Jemand – war es tatsächlich Giovanni gewesen? – hatte den Verschlag wieder geschlossen.

Manni stöhnte auf. Seine Haut war fieberheiß, die Lippen trocken. Auch ich verspürte starken Durst. »Ein Königreich für eine Flasche Wasser«, flüsterte ich.

Mutter ist nicht zu Hause. Vielleicht holt sie etwas zu essen. Vater ist weg. Schon lange, im Krieg. Nachts tönen die Sirenen, und wir müssen entscheiden, ob wir in der Wohnung bleiben oder in den Bunker gehen. Mutter bleibt oben bei Martin.

Ich war letzte Nacht mit Fräulein Gerber im Bunker. Das Fräulein hat nur mit Herrn Schmidt geredet. Um mich kümmerte es sich nicht. Also war ich allein mit den anderen. Ich hatte schreckliche Angst vor den vielen großen Leuten. Angst, dass sie mich zerquetschen.

Wie allein ich jetzt in der Wohnung bin. Ich habe Hunger. Ich sterbe fast vor Hunger. Ich darf mich nicht vom Fleck rühren, hat Mutter gesagt. Martin wirft sich von einer Seite zur anderen. Wie winzig er ist. Ich habe Durst. Ich bin noch klein, ich reiche nicht an den Wasserhahn. Die Gläser sind im Schrank. Martin umklammert meine Hand. Ich lege ihm einen nassen Lappen auf die Stirn. Mutter hat ihn mir hingelegt und mir alles erklärt.

Bestimmt ist es nicht schlimm, wenn ich kurz weggehe. Ich löse seine schweißnassen Finger aus meiner Hand. In der Küche greife ich nach dem Hocker unter dem Tisch. Puh, ist der schwer. Mit beiden Händen ziehe ich ihn vor. Ich stelle ihn an den Küchenschrank – ein altmodischer Vitrinenschrank aus dunklem Holz mit Glas an den Türen. Im ersten Anlauf habe ich Mühe, den Hocker zu besteigen. Doch schließlich gelingt es mir, hinaufzuklettern. Ich richte mich auf, ziehe an dem Türgriff. Die Tür öffnet sich, viel zu heftig, und schlägt mir vor den Kopf. Ich falle hinunter und stoße mir den Kopf. Ich taste nach der Beule. Bleibe auf dem Fußboden liegen. Aua, tut das weh! Niemand ist da, um mich zu trösten. Ich weine leise vor mich hin und rühre mich nicht vom Fleck.

Die verbrauchte Luft im Bunker drückte. Mein Brustkorb fühlte sich an, als läge ein Stein darauf. Das Atmen fiel mir schwer. Ich sollte versuchen, die Bretterwand zu öffnen, und Hilfe holen, dachte ich. Doch wie gelähmt blieb ich auf dem harten Boden sitzen, unfähig, mich zu erheben.

»Ist tot. Ist tot. Ist tot«, hallte es in meinem Kopf wider wie in meinem nächtlichen Alptraum.

Manni röchelte. Seine Haut fühlte sich an wie Pergament. Vermutlich hatte er weitere Verletzungen, die ich noch nicht entdeckt hatte. Der Angreifer musste ihn übel zugerichtet haben, bevor er ihn im Bunker liegen ließ. Ob er zu diesem Zeitpunkt schon bewusstlos gewesen war?

Ob der Angreifer ihn hatte töten wollen?

Manni rang nach Luft.

Leise sagte ich den Psalm dreiundzwanzig auf: »Der Herr ist mein Hirte. Mir wird nichts mangeln. Er weidet mich auf einer grünen Au. Er führet mich zum frischen Wasser …«

Bildete ich es mir ein, oder zuckte Manni bei dem Wort Wasser?

Ich hatte vergessen, meine Uhr umzulegen. Noch fiel Tageslicht durch den Spalt im Bretterverschlag. Wie spät mochte es sein?

Erneut versuchte ich aufzustehen. Vergeblich, meine Füße schienen am Boden festgewachsen. Wirre Gedanken schwirrten mir durch den Kopf. Was, wenn der Verschlag zugenagelt war und ich ihn nicht öffnen konnte? Wenn der Angreifer mir draußen auflauerte? Ich befürchtete das Schlimmste.

Wer überhaupt war der Angreifer?

Rabenau nicht. Rabenau saß ein. Giovanni vielleicht? Oder doch Jankewicz? Kaminski? Idschdi? Luschinski?

»Luschinski«, sagte ich probehalber noch einmal, und der Gedanke an den Reporter ließ mich für einen Moment lächeln. »Luschinski.« Meine Stimme hallte von den Wänden wider. Manni wälzte sich auf die andere Seite.

Dann war es still.

Totenstill.

Ein Moment der absoluten Stille. Ich befand mich im Auge des Taifuns. Erschöpft, aber lebendig.

Ich hatte überlebt. Damals. Ich würde überleben. Auch heute.

Und schlagartig, in diesem Moment der Erkenntnis, wusste ich, wer Hanning auf dem Gewissen hatte. Wer Manni im Bunker eingesperrt hatte.

Martin wird ins Krankenhaus gefahren. Er kommt nicht wieder. Nie wieder. Ich bin schuld, weil ich seine Hand losgelassen habe. Weil ich weggegangen bin.

Mutter weint.

Sie sagt, dass Martin jetzt im Himmel ist.

Bald darauf ist auch Vater im Himmel.

Mutter weint viel. Sie hält meine Hand, und ich muss sie trösten.

Jetzt sind wir beide allein. Wir müssen weg aus der Stadt.

Alles brennt. Wir wissen nicht, wohin die Reise geht. Wann wir ankommen werden.

Doch ich bin mir gewiss, dass wir ankommen werden.

»Martha, Martha!«

Mutters Stimme klingt plötzlich so anders.

Tiefer als sonst.

»Martha, Martha!«

ZWEIUNDZWANZIG

Das Licht war verschwunden, dunkel das Innere des Bunkers.

Immer noch hielt ich Mannis Hand, heiß und trocken, doch die Stille war vorbei.

Bretter krachten. Stimmen waren zu hören.

»Hilfe! Hilfe!«, schrie ich reflexartig. »Hilfe! Hier bin ich!«

Holz splitterte, und gleich darauf war der Bunker voller Menschen.

»Da sind sie ja!«, sagte mein Kollege Kruse. Zu meiner Überraschung klang es erleichtert. »Schwester Martha! Der verlorene Sohn ist gefunden!«

»Wenn schon: die verlorene Tochter!«, murrte ich.

»Der verlorene Sohn«, beharrte Kruse. »Ich sprach von Manni Jankewicz. Er lebt doch wohl noch?«

»So gerade eben«, erklärte Luschinski, der sich vorgedrängt und nach Mannis Handgelenk getastet hatte. »Schwacher Puls!«

»Weg da, Luschinski!« Kellmann schubste den Reporter zur Seite. »Wasser für den jungen Mann! Wo bleibt denn der Doktor? Es ist dringend!«

Durch den Eingang fiel das letzte Tageslicht. Die Bretter waren achtlos zur Seite geräumt worden. Teils lagen sie im Bunker, teils draußen.

Der Doktor, derselbe, der Hannings Tod festgestellt hatte, untersuchte Manni.

»Ein Krankenwagen muss her! Schnell! Gehen Sie in eines der Häuser und versuchen Sie zu telefonieren!«, herrschte er Schwester Tabea an. Diese raffte ihr langes Kleid und machte sich davon. Das weiße Häubchen leuchtete in der Abenddämmerung.

Jetzt sah ich auch Giovanni. Er musste die Gruppe zum Bunker geführt haben.

»Giovanni!«, rief ich. »Du hast die anderen geholt, stimmt's?« Er nickte.

»Ich dachte mir doch, dass du nur helfen wolltest! Warum

hast du nicht von vornherein dem Kommissar Bescheid gesagt?«

»I-i-i-ich«, stotterte Giovanni.

»Ich weiß schon«, bereitete ich der Qual ein Ende. »Du denkst, er hätte dir nicht geglaubt!«

Wieder nickte Giovanni.

Luschinski stellte sich an meine Seite. »Martha, ich habe mir Sorgen um dich gemacht. Erzähl doch, was war los? Warum bist du nicht aus dem Bunker herausgekommen und hast Hilfe geholt?«

Plötzlich war ich müde. »Das ist eine längere Geschichte«, sagte ich matt und fühlte mich, als hätte ich eine lange Reise hinter mir. Vielleicht war das auch so. »Möglicherweise ein anderes Mal.«

»Warum nicht jetzt?«, drängelte er und hob seine Kamera vor das Auge. »Wir haben doch Zeit!«

»Bist du jetzt der Reporter, oder interessierst du dich für mich als Person?«, fragte ich.

Luschinski lächelte verschmitzt. »Geht nicht auch beides?«

Ich starrte ihn an. Sein Lausbubencharme ließ mich plötzlich kalt. »Nein!«, erwiderte ich mit fester Stimme. »Keines von beiden. Lass mich in Ruhe. Ich habe Schlimmes durchgemacht.«

Er zuckte mit den Schultern und wandte sich ab.

Der Arzt beendete seine Erste-Hilfe-Maßnahmen bei Manni.

Der Junge atmete jetzt ruhiger und schien zu schlafen. »Ich glaube, er schafft es. Wie geht es Ihnen denn eigentlich, Fräulein Gerlach? Stehen Sie unter Schock? Benötigen Sie ärztliche Hilfe?«

»Mir ist ein wenig schwindelig. Ansonsten geht es mir gut.«

Während wir weiter auf den Krankenwagen warteten, wurde es dunkel.

In der Ferne ertönte das Martinshorn.

»Auf Tremonia habe ich mit den Konfirmanden Blumen und wilde Kräuter geholt. Letztes Jahr zu Pfingsten. Detlef war auch mit dabei«, erinnerte sich Kruse.

Ein Gedanke, der mir vorhin gekommen war und den ich

kurzzeitig vergessen hatte, drängte an die Oberfläche. »Ich weiß übrigens, wer für Hannings Tod verantwortlich ist. Und wer Manni hierher geschafft hat«, sagte ich laut.

»So?« Bildete ich mir das ein, oder klang Kellmanns Stimme süffisant? Im Dunkeln sah ich die Glut seiner Zigarette.

»Ja. Sie haben den Falschen festgenommen, Herr Kommissar. Nicht Rabenau war es, sondern sein Sohn. Detlef.«

»Wie kommen Sie darauf? Rabenau hat gestanden.«

»Dass er die Briefe geschrieben hat vielleicht. Das kann sein. Er wollte seinen Sohn schützen und alle auf die falsche Fährte locken: Jankewicz. Doch mit Hannings Tod kann er nichts zu tun haben. Er hat ein Alibi für die Nacht. Habe ich recht, Giovanni?«

Der junge Mann machte den Mund auf und begann zu stottern. Bevor er einen zusammenhängenden Satz zustande gebracht hatte, betraten die Sanitäter den Bunker. »Wo ist der Patient? Alle anderen raus, bitte!«

Sie verfrachteten Manni auf eine Trage und transportierten ihn ab. Der Krankenwagen parkte in der naheliegenden Straße. Dort hatten sich jetzt auch Schaulustige eingefunden.

»Wie hat eigentlich Borussia Dortmund gespielt?«, fragte ich in die Runde. »Haben sie gewonnen?«

»Ja, haben sie«, antwortete Luschinski. »Zwo-Null sogar, gegen Alemannia Aachen. Schmidt schoss das Eins-Null und Emmerich das Zwo-Null.«

»Dann haben sie also den Pokal geholt?«

»Ja, haben sie«, wiederholte Luschinski. »Allerdings im schlechtesten Spiel aller Zeiten.«

DREIUNDZWANZIG

»Nä, nä. Ich hab's ja immer gesagt: Im Bunker müsst ihr nachschauen. Und hat's gestimmt? Hab ich recht gehabt?«

»Ja, Trudi. Das nächste Mal sagste aber gleich dabei, welchen Bunker du meinst!« Luschinski ließ sich von Schwester Tabea Kaffee einschenken und schlürfte geräuschvoll den ersten Schluck. »Und überhaupt: Was machst du hier? Musste nicht in deinem Laden stehen?«

Trudi stemmte die Hände in die Hüften. »Ist doch Sonntag heute. Mach ich eben mal später auf.«

»Genau. In die Kirche zu gehen hat auch noch keinem geschadet«, kommentierte Kruse.

»Wie geht es Manni?«, fragte ich.

»Er befindet sich auf dem Weg der Besserung«, berichtete Schwester Käthe. »Gott sei Dank!«

»Gott sei Dank!«, wiederholte Frau Jankewicz. Obwohl sie immer noch dunkle Ringe unter den Augen hatte, wirkte sie sichtlich erleichtert. Fräulein Kreuter schäkerte mit dem Lehrer, dem diese Zuwendung allerdings nicht sonderlich zu gefallen schien. Er schielte an der Blondine vorbei auf unser kleines Grüppchen.

»Wir haben viele Gründe, dankbar zu sein. Gott haben wir im Gottesdienst heute gedankt«, sagte Kruse und faltete fromm die Hände. Seine Frau neben ihm, in Hut, Mantel und mit Dutt, senkte den Kopf.

Ich nickte, doch ich war nicht bei der Sache.

Manni war gerettet. Hatte niemand mehr Interesse an der Aufklärung von Hannings Tod?

»Ist Rabenau noch inhaftiert?«, wollte ich wissen.

»Wieder auf freiem Fuß!« Auch Kommissar Kellmann hatte es sich nicht nehmen lassen, zur Kirche zu kommen und hinterher im Gemeindehaus Kaffee zu trinken.

»Und sein Sohn Detlef? Hat es ein Verhör gegeben?«

»Schwester Martha!«, trompetete Kruse. »Wie heißt es doch

gleich in der Bibel: Wer die Hand an den Pflug legt und schaut zurück, der ist nicht geschickt für das Reich Gottes, nicht wahr, Bruder van Diecken?«

Von mir unbemerkt hatte der Superintendent den Raum betreten.

»Schwester Gerlach!« Er fasste mich an beiden Händen. »Ich wollte mich persönlich vergewissern, dass es Ihnen gut geht! Gestern Nachmittag hat mich Bruder Kruse angerufen und in höchster Sorge von Ihrem Verschwinden berichtet.«

»Unkraut vergeht nicht!« Das war Luschinskis Kommentar, versehen mit dem obligatorischen Zwinkern. »Du bist die Heldin des Tages, Martha! Dürfte ich dich für die Zeitung ablichten?«

Gnädig erteilte ich die Zustimmung. Dann fiel mir etwas anderes ein. »Was ist mit Giovanni? Er hat mich zu Manni in den Bunker geführt. Ihm gebührt die Ehre.«

Der scheue junge Mann war am Abend zuvor in der Dunkelheit verschwunden und seitdem nicht wieder aufgetaucht.

»Er ist nicht hier.«

In diesem Moment kam Idschdi freudestrahlend auf mich zu. »Fräulein Pastor. Hat geklappt!« Er schüttelte meine Hand.

»Was, bitte?«

»Ziehen ein in Haus von tote Pastor. Schon bald!« Seine Frau Marie nickte strahlend. »Vielen, vielen Dank!«

Irritiert schaute ich von Marie zu Idschdi und zurück. »Aber ich habe gar nichts gemacht!«

»Pastor hat jetzt zugestimmt. Vielen, vielen Dank!«

»Idschdi? Eigentlich heißen Sie ja gar nicht Idschdi. Wie darf ich Sie denn sonst anreden?«

»Bleiben bei Idschdi, Fräulein Pastor. Ist schwierig das andere.« Der Blick seiner blauen Augen richtete sich auf mich.

»Wenn Sie meinen.« Ich stellte die Kaffeetasse auf die Untertasse. »Eine Frage noch: Was heißt denn eigentlich Idschdi?«

Er sah seine Frau hilfesuchend an.

»Idschdi gwupki …«, half ich.

»Idschdi gwupki oschlo«, ergänzte Idschdi.

Marie senkte den Kopf. »Heißt ›Geh …‹, aber nein, nicht sagen. Ist unhöflich.«

Jetzt war ich erst recht neugierig. »Sagen Sie es ruhig. Das macht mir nichts.«

»Geh, dummer Esel!« Tödlich verlegen blickte Marie zur Seite.

Ich musste grinsen. »Ich sag's auch nicht weiter.«

»Schwester Gerlach!« Der Superintendent wandte sich wieder zu mir. »Schön, dass es Ihnen gut geht. Wie läuft es denn in der Gemeinde?«

Automatisch beantwortete ich seine Fragen.

Zwischendurch schaute ich mehrmals zur Tür. Ich hatte noch eine Mission zu erfüllen.

»Detlef!« Ich war froh, den Jungen in der Wohnung der Rabenaus anzutreffen. Lena hatte mir den Weg zu dem winzigen Kinderzimmer gewiesen. Zwei schmale Betten standen in dem Raum, an jeder Wand eines. Dazwischen war weniger als ein Meter Platz.

»Hast du ein wenig Zeit für mich?«

»Mit Ihnen will ich nicht reden!«, fuhr der Junge auf. Er saß auf dem Bett gegenüber der Tür.

»Aber ich mit dir. Beantworte mir nur eine Frage.«

Demonstrativ nahm er eine Jugendzeitschrift zur Hand.

Ich verschränkte die Arme. »Gut. Ich habe Zeit.« Ohne Aufforderung ließ ich mich auf dem anderen Bett nieder. Wenn er den Raum verlassen wollte, kam er nicht an mir vorbei.

Detlef schaltete das Radio ein.

Ich beachtete ihn nicht.

Endlich, nach einer ganzen Weile, fragte er mit schroffer Stimme: »Was wollen Sie wissen?«

»Warum hast du Manni zusammengeschlagen und in den Bunker gesperrt? Er hätte sterben können.«

»Sagen Sie's der Polizei?«

»Das entscheide ich danach.«

Schweigen. Das englische Lied einer Popgruppe ertönte aus dem Lautsprecher.

»Ich habe Zeit«, sagte ich wieder.

Er nestelte an dem Kopfkissen herum. Eine halbe Ewigkeit später schaute er auf.

»Es war ein Unfall.«

»Was?«, fragte ich sanft. »Hannings Tod?«

»Wir wollten ihm einen Schrecken einjagen. Weil er mit Mannis Mutter – Sie wissen schon …« Seine Stimme, vorher tief und männlich, überschlug sich und klang wie die eines Jungen.

Ich schwieg.

»Wir hatten uns am Eingang zum Keller versteckt. Manni hatte den Schlüssel. Und dann kam er runter. Da haben wir uns gegen die Tür gelehnt, sodass er nicht mehr rauskam.«

Ich wartete.

»Er hat gerufen. Ich wollte ihn rauslassen, aber Manni wollte nicht. Wegen seiner Mutter … Der hat 'ne Abreibung verdient, hat er gesagt.«

Der Junge verzog trotzig den Mund. Ich spürte seine Unsicherheit, und in diesem Moment tat er mir leid.

»Dann sind wir erst mal weg. Aber dann sind wir wieder zurück und haben nachgeschaut, was er macht. Und da hat er sich nicht mehr gerührt.«

»Dann habt ihr ihn hochgeschleift in die Wohnung«, ergänzte ich. »War er da schon tot?«

Detlef schwieg.

Dann brach es aus ihm heraus: »Ich war dagegen! Ich wollte das nicht!«

»Aber du hast mitgemacht. Wer war noch dabei? Manni? Giovanni?«

Detlef nickte.

»Lass mich raten. Als der Verdacht auf Mannis Vater fiel, wollte Manni aussteigen und der Polizei alles erzählen. Um seinen Vater zu schützen.«

Anstatt zu antworten, drehte Detlef das Radio lauter.

Ich überlegte, ob ich es auf einen weiteren Machtkampf ankommen lassen sollte.

Doch ich wusste ohnehin, was ich wissen wollte. Detlef hatte meinen Verdacht bestätigt und mich in einen Gewissenskonflikt gestürzt.

Sollte ich ihn anzeigen?

Doch was würde dann passieren? Die Leidtragenden wären sein Vater und seine Schwester.

Und sie hatten ohnehin schon mehr als genug zu tragen.

EPILOG

»Mach schon, beeil dich!«, rief Rosi. Doch bis ich meine Sachen gepackt hatte, war es zu spät, um die Straßenbahn zu nehmen, und meine Freundin bestellte ein Taxi. Als wir am Bahnhof aus dem schwarzen Wagen stiegen, traute ich meinen Augen kaum.

»Herr Kaminski!«, sagte ich überrascht.

Er sah mich von der Seite an. »Ich wollte Sie doch nicht ohne Abschied verreisen lassen, Fräulein Gerlach!«, erklärte er. Verlegen überreichte er mir einen Strauß weißer Rosen, deren Blüten sich an den Rändern schon kräuselten.

»Danke«, erwiderte ich und nahm die Blumen entgegen. Trotz der netten Geste war ich mir nicht sicher, ob mir warme Abschiedsworte von Luschinski nicht mehr bedeutet hätten. Doch der Reporter war seit einiger Zeit mit einem neuen Fall beschäftigt. Es ging um ein Abhörsystem in der Volkshochschule. Außerdem munkelte man, er habe eine Geliebte.

Rosi hielt sich diskret im Hintergrund und rückte ihren Hut zurecht. Ich vermutete jedoch, dass sie neugierig jedes Wort aufsaugte, das zwischen Kaminski und mir gesprochen wurde.

»Nun befindet sich Detlef unter Aufsicht des Jugendamtes. Sicher ist das nicht verkehrt, die Familienverhältnisse sind ja recht ungewöhnlich«, stellte er fest.

»Ja. Ob das allerdings etwas nützt …«

Detlef hatte der Polizei gegenüber Hannings Tod als Unfall dargestellt. Mit dem Überfall auf Manni wollte er nichts zu tun gehabt haben. Und Manni, der aus dem Krankenhaus entlassen und beinahe genesen war, behauptete, er könne sich an nichts erinnern. Ich dachte an die toten Kaninchen und glaubte ihm nicht. Grausamkeit gab es nicht nur bei Erwachsenen. Doch es gab keine Beweise.

»Es geht nach Holland?«, fragte Kaminski.

»Ja«, antwortete ich. »Mit meiner Mutter. Sie wartet im Bahnhof. Wir haben ein Häuschen am Strand gemietet.«

»Hoffentlich haben Sie gutes Wetter.« Zweifelnd blickte er

hinauf zum bewölkten Himmel. »Als Pastorin haben Sie gewiss einen guten Draht nach oben.«

»Ich muss jetzt leider gehen. Die Eisenbahn fährt in wenigen Minuten ab.« Ich griff nach meinem Gepäck.

»Lassen Sie mich das machen!« Er nahm mir den Koffer aus hellbraunem Schweinsleder ab. Gemeinsam betraten wir die Bahnhofshalle, gefolgt von Rosi. Meine Mutter wartete unter der Tafel mit den Abfahrtszeiten.

»Das ist Herr Kaminski«, stellte ich meinen Begleiter vor. »Ein netter Bekannter aus meiner Gemeinde.«

Kaminski tippte an seinen Hut. »Angenehm, gnädige Frau. Darf ich fragen, wann Sie beide geplant haben zurückzukommen?«

»In zwei Wochen«, antwortete ich.

»Wie schade. Dann werde ich meinen Bruder in Stuttgart besuchen. Es sind ja Sommerferien.«

»Das ist schön für Sie, Herr Kaminski.«

Er räusperte sich. »Ach bitte: Nennen Sie mich doch Klaus-Peter. Klaus genügt auch«, bot er an.

»Klaus also dann«, wiederholte ich. »Ich heiße Martha.«

»Danke, Martha«, sagte Kaminski so leise, dass ich ihn kaum verstehen konnte.

Der D-Zug in Richtung Amsterdam stand abfahrbereit auf dem Bahnsteig. Meine Mutter und ich bestiegen das Abteil, in dem ich Plätze reserviert hatte. Ich schob die Koffer in das Gepäcknetz, zog mit aller Kraft die verstaubte Scheibe herunter und lehnte mich aus dem Fenster. Ein Pfiff gab das Signal zur Abfahrt. »Macht's gut!«, rief ich den beiden auf dem Bahnsteig zu. »Bis bald!«

»Martha!«, rief Kaminski gegen das Geräusch des anfahrenden Zuges an. »Würden Sie mit mir ausgehen, wenn wir beide wieder da sind?«

»Gerne!«, schrie ich zurück. Das Letzte, was ich von Dortmund sah, waren Rosi und Kaminski – also Klaus –, die uns hinterherwinkten. Ich schloss das Fenster und ließ mich in das Kunststoff-Polster sinken. »Endlich Ferien«, sagte ich zu meiner Mutter.

»Und wenn du zurück bist, wartet ein netter junger Mann auf dich«, ergänzte sie. »Wie schön! Vielleicht wirst du ja doch noch heiraten.«

Ich seufzte. Meine Mutter wünschte sich sehnlichst Enkelkinder. Doch war Kaminski wirklich der Mann, für den ich meinen heiß geliebten Beruf als Gemeindepastorin an den Nagel hängen würde? Ich schloss die Augen und ließ mich vom Rattern der Räder in eine schläfrige Stimmung versetzen. Das wird sich finden, dachte ich, bevor ich eindöste.

Nachwort – Fakten und Fiktion

Romanfiguren

1965 wurde in der evangelischen Martingemeinde in Dortmund Renate Krull als erste Pastorin westfalenweit in eine Gemeindepfarrstelle gewählt und dort eingeführt.

Ich hatte die Ehre und das Vergnügen, Pfarrerin Renate Krull anlässlich ihres 50. Ordinationsjubiläums im Jahr 2009 zu interviewen.

Dabei erzählte sie mir einige amüsante Begebenheiten aus ihrer ersten Zeit im Pfarramt. Sie schilderte mir, wie Kollegen und Gemeindeglieder darauf reagierten, dass nun eine Frau als Gemeindepastorin tätig war.

Frau Krulls Erzählungen haben mich zu diesem Roman inspiriert. An dieser Stelle ein herzliches Dankeschön dafür!

Selbstverständlich ist die Protagonistin Martha Gerlach nicht identisch mit Frau Pastorin Krull, die Handlung des Romans entspringt vollständig meiner Phantasie. Auch die weiteren Romanfiguren sind frei erfunden. Sollten Sie als Leserin oder Leser Ähnlichkeiten mit noch lebenden oder verstorbenen Personen feststellen, so sind diese zufällig und nicht beabsichtigt. Es besteht keinerlei Zusammenhang mit den Geschichten von Frau Krull.

Die Verantwortung für den Inhalt des Romans trage ich allein.

Die Anspielung auf eine bestimmte reale Person ist allerdings beabsichtigt. Bei dem Superintendenten, im Roman Hans van Diecken genannt, habe ich die Erzählungen über den damals amtierenden Superintendenten Klaus von Stieglitz im Kopf gehabt. Die kurzen Abschnitte, in denen ich den Superintendenten erwähne, würde ich gern als Hommage an Herrn von Stieglitz verstanden wissen. Von 1964 bis 1988 war er leitender Geistlicher des Kirchenkreises Dortmund-Mitte.

Er war eine beeindruckende Persönlichkeit und hat, so wurde mir von vielen Seiten berichtet, die ihm anvertrauten Pfarrerinnen und Pfarrer unterstützt und behutsam begleitet. Gastfreundschaft war ihm und seiner Familie sehr wichtig. Im Juni 2011 ist er im hohen Alter von 87 Jahren in seiner Heimatstadt Dresden verstorben.

Orte der Handlung
Die Geschichte spielt in der Gegend um den Dortmunder Westpark. Das Haus neben der Hauptschule in der Möllerstraße, das Pastorin Gerlach bewohnt, war früher tatsächlich ein Pfarrhaus. Auch die Schule in der Nachbarschaft existiert bis heute.

Der Gebäudekomplex, zu dem im Roman die Kirche gehört, befindet sich in der Sternstraße. Das nicht namentlich benannte Gotteshaus ist der Martinkirche nachempfunden.

Diese Martinkirche hatte einen Vorläufer, die Martinkapelle, erbaut 1901. Im Zweiten Weltkrieg wurde die Kapelle zerstört. Nach dem Krieg nutzte die Gemeinde für ihre Gottesdienste das Gemeindehaus, versehen mit einem »Dachreiter«, der an einen Kirchturm erinnern sollte.

In den 60er Jahren baute die Gemeinde in unmittelbarer Nachbarschaft zu der zerstörten Kapelle eine Kirche. Die Einweihung dieser Martinkirche, die heute noch steht, erfolgte 1968. Auf dem Gelände der früheren Kapelle befindet sich nun der Spielplatz des Kindergartens. Zwischen Kirche und Spielplatz liegt das Gemeindehaus, und neben dem Spielplatz steht ein älteres Haus, das früher als Pfarrhaus genutzt wurde. Es wird inzwischen ebenso wie das Gemeindehaus von der Diakonie bewirtschaftet. So ähnlich wie dieses alte Haus stelle ich mir das geschichtsträchtige Pfarrhaus in meinem Roman vor – wobei die Geschichte dieses Pfarrhauses meiner Phantasie entsprungen ist.

Die früher selbstständige Martingemeinde bildet inzwischen mit den Kirchengemeinden Petri und Nicolai die evangelische St. Petri-Nicolai-Gemeinde. Vor dem Zweiten Weltkrieg gehörten diese Gemeinden ebenfalls zusammen, im Verbund mit der Paulusgemeinde in der Nordstadt.

In Dortmund stehen immer noch etliche Bunker. Sowohl der Bunker am Westpark als auch der Bunker am Leierweg auf dem Tremoniagelände existieren tatsächlich. Ersterer war früher ein Museum; Letzterer dient mittlerweile als Übungsraum für Musikbands.

Nach dem Krieg hatten sich im Bereich der Martinkirche viele Flüchtlinge angesiedelt, die – auch im Bereich der Sudermannstraße – die zerbombten Häuser wieder bewohnbar machten. Viele stammten aus den ehemals deutschen Ostgebieten.

Zeit der Handlung

Am 17. April 1965 gewann Borussia Dortmund im Halbfinale des DFB-Pokals gegen den 1. FC Nürnberg mit 4:2 in einem Heimspiel. Das Finale gegen Alemannia Aachen gewann der BVB am 22. Mai 1965 mit 2:0 – in einem wenig spektakulären Spiel, wenn man der Berichterstattung in der Lokalpresse glauben darf. Zwischen diesen beiden Daten entspinnt sich die fiktive Handlung meines Romans.

Die sozialen Fragestellungen dieser Zeit habe ich anhand von Lokalzeitungen, insbesondere den Ruhr Nachrichten, recherchiert. Gastarbeiter kamen ins Land, es gab eine anhaltende Wohnungsnot, das Zechensterben zeichnete sich ab – und es war die Zeit des Wirtschaftswunders.

Die »Pastorinnengesetze«

Die Pastorinnengesetze wurden in der Evangelischen Kirche von Westfalen 1964 verabschiedet. Ordinierte Theologinnen wurden von da an nicht mehr als Vikarinnen bezeichnet – Vikariat nennt sich normalerweise die zweite Ausbildungsphase nach dem Studium –, sondern durften sich Pastorinnen nennen. Sie waren von nun an in den Kirchengemeinden wählbar, allerdings nur in Gemeinden, in denen es bereits zwei männliche Kollegen gab. Zudem konnten nur ledige Frauen das Amt als Pastorin ausüben. Mit einer Heirat mussten sie automatisch den Beruf aufgeben.

1974 dann kamen die »Pfarrerinnengesetze«. Sie brachten

endlich die vollständige gesetzliche Gleichstellung der Pfarrerinnen mit ihren männlichen Kollegen.

Historische Hintergründe
Viele meiner Informationen stammen von Pfarrer Jost Klammer, langjähriger Pfarrer in der Martingemeinde und mittlerweile pensioniert. Er hat mir unter anderem beschrieben, wie die Gebäude in der Vorkriegs- und unmittelbaren Nachkriegszeit angeordnet waren. Ich hoffe, ich habe alles richtig wiedergegeben.

Jost Klammer hat in den achtziger Jahren Geschichten aus der Zeit des Zweiten Weltkriegs aufgeschrieben, die ihm Gemeindeglieder erzählt haben. Es handelt sich um »oral history«, also um eine mündliche Überlieferung, die er verschriftlicht und teilweise veröffentlicht hat, beispielsweise in Gemeindebriefen. Freundlicherweise hat er erlaubt, dass ich diese Geschichten verwende. Ich danke Jost Klammer ganz herzlich für die Weitergabe seiner Kenntnisse und für unsere informativen Gespräche!

Das im Roman geschilderte Schicksal einer jüdischen Familie basiert zum Teil auf Jost Klammers Aufzeichnungen.

Selbstverständlich sind auch diese Figuren frei erfunden. Nicht erfunden ist leider die Tatsache, dass auch in Dortmund während der Zeit des Nationalsozialismus Juden enteignet, entrechtet, gedemütigt, verfolgt, deportiert und in den Tod getrieben wurden.

Wie in anderen Städten auch erinnern Stolpersteine an die Schicksale der jüdischen Mitbürger und Mitbürgerinnen. Stellvertretend seien hier die drei Stolpersteine an der Adlerstraße 101 – ebenfalls im Bereich der Martinkirche – genannt, die 2010 im Gedenken an die Familie Pinkus verlegt wurden.

Weiter möchte ich danken:

Uwe Bitzel für das »Vorlektorat« zahlreicher Texte, so auch diesem,

Dirk Meynecke, meinem Agenten, der dieses Projekt begleitet und so gut untergebracht hat!

Den Mitarbeitenden des Emons Verlags für die angenehme Zusammenarbeit, insbesondere Uta Rupprecht für ihr engagiertes, wertschätzendes Lektorat,

Detlef Sieland für seinen subjektiven Rückblick auf die Fußballgeschichten,

Irmtraut Weber für ihre Erinnerungen an die 60er,

Pfarrerin Birgit Worms-Nigmann und Ralf Nigmann für weitere Geschichten und Eindrücke

und allen anderen, die bewusst oder unbewusst mit ihren Geschichten zu diesem Buch beigetragen haben.

Dortmund, im Jahr 2012
Anne-Kathrin Koppetsch